メディアワークス文庫

めんとりさま
Faceless Summer

カムリ

目　　次

梅は食うとも核《さね》食うな
中に天神寝てござる

（朋誠堂喜三二《ほうせいどうきさんじ》・滑稽本　古朽木《ふるくちき》）

Faceless Summer

今年七十を迎えた祖母が、詐欺の被害に遇《あ》ったらしい。

『アルミパウチ水素水』なるアカデミズムの悪夢の集合体みたいな製品をまんまと一括購入させられたのだという。電話口に立つ父の声音が次第に硬くなり、「五万円」という声が漏れ聞こえてきたところで一気に爆発した。

祖母は三か月前に軽度認知障害だと診断され、検査入院を終えて帰って来た直後だった——もっとも、その報《しら》せは父をさらに不快にさせたらしく、お荷物だとか、今どきそんなものに引っかかるのは本物のバカだけだとか、鋭い罵声が立て続けに居間に響いた。

母はキッチンに立ったまま、顔に笑みを張り付けている。

いつものうちの光景だ。

うんざりして自室に戻ろうとしたら、

「おい」

父が受話器を置いてこちらを振り返っている。

「おばあちゃんの様子、見に行ってやんなさい」

無造作な口調だ。父はいつも、家族に対してはこういう話し方をする。

「いいけどさ、父さんは行かないの？」

おれも尋ねてはみたものの、父はわずかに苛立《いらだ》ったように眉を顰《ひそ》め、

「こっちは老人ホームのこととか、話し合わないとだから」

つかれた表情で返した。それきり何も言うことはない。

母の方はというと、これまた相変わらずだ。

おれを笑顔でずっと見ている。瞬《まばた》きをしていなかった。

昼ごはんの素麺《そうめん》に付け合せる茗荷《みょうが》が細かく包丁で裁断されていた。

とんとんとんとん。

「行ってらっしゃい」

とんとんとんとん。

「めんとりさまに気を付けてね」

包丁の音がかわらず鳴り響いている。

おれたちの伯父——彼女にとっての兄を失った折から、精神的に不安定なことはあったそうだが（そして父と結婚して一時的に安定したらしい）、おれたちにとっては、物

心つくころからあれが「母」の姿だ。
最後に、一度だけ視線を父に移す。
父もわずかにこちらを見返したが、直《す》ぐに読んでいた本に目を戻す。
とんとんとんとん。

二階の自室で荷造りをしていると、どたばたと物音が聞こえて来る。
乱暴な足音は階段の床板を踏み抜かんばかりだった。
構わず人生ゲームをトランクケースに詰めていたら、がちゃりと部屋の戸が開く。

「やあやあ弟よ。今日も元気に生きとるかね」
どこか揶揄《からか》いを含むような、軽やかな声が響いた。
すばしこくころころと変容《かわ》り、それでいて常に冴《さ》えわたった声。
ねえさんがそこに居た。
すらりとした長身に、滑らかでささくれ一つない裸足《はだし》。
(行儀よく口を噤《つぐ》んでさえいれば）清涼な貌立《かおだ》ち。
弟の目から見ても、澄んだ風のように綺麗《きれい》な人だと思う。

姉との二人暮らしが始まったのは、おれの大学進学がきっかけだった。

巣鴨駅《すがもえき》近くのマンションで、結構良《い》い値段がするのを折半している形だ。

というのも、おれと姉が同じ大学に通うことになったことがわかった瞬間、『同じキャンパスに行くのならば家賃や食費、光熱費水道費その他諸々《もろもろ》鑑みて折半するのが安かろう云々《うんぬん》』と、姉が両親を説き伏せたからだ（というより、両親はおれたちに無関心なので殆《ほとん》ど黙認と言ってもよかった）。多分家賃を節約したかったのだと思う。

とはいえ、こちらも大学生ともなれば色々と入り用な身だ。

生活費の半分を姉に負担してもらえるというのは願ってもない話だったので、特に深く考えずに二人暮らしの誘いを引き受けてしまった。

だが今にして思えば、あのねえさんが——ずぼらで怠惰で堕落癖のあるねえさんが——わざわざ『二人暮らしをしよう』と持ち掛けてきた意味をもっと熟慮すべきだった。

そして料理が趣味だったおれは、散々ねえさん専用の居酒屋としてこき使われる羽目になり、悪夢の日々が始まった。

思えば、大学生活の貴重な初年度はほぼ姉の世話に費やされた気がする。

結果的に、殺風景だった姉のキッチン（おれが来るまでフライパンしかなかった。包丁もないのに何で買ったんだろう？）には奇妙な調味料と調理道具が増えていき、いつしかおれの炊事の腕前は歪《いびつ》な上達を遂げていた。

もっとも、ねえさんとの刺激的な（そして非常に非生産的な）生活に対して幾許《いくばく》かの愉快さを覚えていたことも否定できない。

ねえさんはおれにとって暴君だったが、それと同時に、日々を面白おかしく過ごすにはうってつけの友だちでもあった。結局のところ、他人からは出鱈目《でたらめ》に見えたとしても、おれとねえさんは上手《うま》くやっていたのだと思う。

家族で一番の変わり者だった彼女は、家族で唯一のおれの味方でもあった。


「おばあちゃんち行くんですって。あたしの分も荷造りよろしく」

ねえさんは、豊かな髪を古風な女主人のようにかき上げながら命じた。

おれはすかさず抗議の視線を姉に向けるが、
ねえさんは構わず「折角のお見舞いがあんた一人とか、可哀想《かわいそう》じゃん」と、くるくると喉を震わせて笑う。気ままな鳥が歌っているようだ。

彼女は昔から、何事にも遠慮というものがない。

「いや、だから——その、あれだ。退屈だと思うよ」

「あんた人の心ってもんがないの？　ただ様子を見に行くだけじゃない」

「じゃあ自分で荷物でも何でも準備してよ」

「そんなこと言っていいの。あんた、あたしの世話焼きが生き甲斐《がい》の癖に」

あまりの言い草に、そんなことで理解者のような顔をされても全然嬉《うれ》しくないという意味でおれは抗議の視線を向けた。だがねえさんはどこ吹く風という様子でおれのベッドに座り、にたにたと笑いかけて来る。なんだかむかっと来たので、

「そんな言い方するなら、もう料理作らない」

「え、えーっ」

今度はねえさんの方がたまらずといった様子で頓狂な悲鳴を上げた。

「あたしの胃袋をこんな風にしておいて、今更!?」

「今更も何もさ。ねえさんが作らせたんでしょ」

「ム。じゃあ今度旅行する時何か買って来るから、許してよ弟くん」

「嫌だよ。ねえさんのお土産さ、毎回本当に意味わかんないやつしかないし……何でイスタンブール行ってまであんなもん買ってくるの？」

おれは部屋の隅に置いてある赤べこに酷似した金色の豚の像を指さす。

ねえさんは過去多くの国に渡航し、そのたびに使途不明な海外物産品を大量におれの部屋へ持ち帰ってきた。無論、買ってきた本人がそれらを片付けることはない。大学では高嶺《たかね》の花として扱われているようだが蓋を開ければこのザマだ。自分の部屋と弟の部屋の区別もつかない無礼不逞《ふてい》の輩《やから》である。

「っていうかさ。あの不細工な像、ペンキ剝げかけてない？」

ねえさんの買って来た豚の像は、既に金色の塗装が剝がれ、その下にある朱塗りの表面をのぞかせていた。というより、あれは日本で仕入れた赤べこを海外の悪徳業者が塗装して売りつけているのでは――

「それよりさ」

思考を遮るように、何かがおれのトランクケースに投げ込まれた。

これは……ＵＮＯの箱だ。

「何日くらい行くの？　おばあちゃんち」

「絶対居座る気でしょ」

おれは豚の像から目を離しながら、ＵＮＯを荷物の片隅に仕舞う。

「とりあえず、いるのは明日から一か月くらい」

実際、今日が八月十四日だということを考えると、大学が再開するのが九月の下旬ごろだ。祖母の家に滞在できるのは一か月が限度だった。

「じゃあ夏休みじゅうはずっとおばあちゃんちにいるわけね」

「うん」

おれはかるく頷《うなず》いて、密《ひそ》かに赤べこ擬《もど》きをトランクケースに入れようとしていたねえさんの手をはたく。油断も隙もあったものではなかった。

「この家、あんまり居たくないし。あっちでレポートとか色々やるよ」

「ふうん。別に遊《あそ》び惚《ほう》けても良いんじゃない？　まだ三年でしょ」

「ねえさんみたいに留年したくないの」

「はあ？　あんた諒《わか》ってないわね」

ねえさんは不服そうな顔をしながらおれの肩に長い両脚を乗せてきた。

「モラトリアムってのはね、終わらなくてナンボよ」

「終わらないモラトリアムは猶予じゃなく投獄だ」

おれは肩に掛けられたねえさんの足を振り落とすように立ち上がった。

ぐげェと間抜けな声が背後から聞こえ、流石《さすが》に少々申し訳なくなったので、

「……荷造りはしとくから。勝手に部屋入るけど、いい？」

「やりいっ」

振り返ると、ねえさんは無駄に綺麗なガッツポーズをしていた。

おれに絡むのはともかく、学業もこれくらい気合を入れてやってほしい。

+

ともあれ、そういう事情で、おれたちは富士市《ふじし》へと続く電車に揺られている。

実家のある藤枝《ふじえだ》から祖母の家が建つ富士駅までは、JR東海道本線熱海《あたみ》行きに乗って一時間ほどだ。途中の静岡駅で土産を買って、もう一度乗車しても午前中のうちに辿《たど》り着《つ》ける距離である。

これはどうでも良い話だが、電車に乗るにあたって電子チケットではなくわざわざ時代遅れの切符を買うことになった。旅気分を味わいたいとねえさんにせがまれたからだ。二十を越えた人間の浮かれ方ではない。

「わるいわね。こんど何か埋め合わせするからさ」

ねえさんはおれを覗《のぞ》き込《こ》むように笑いかけてきた。

けらけらと、紺地のリボンが入ったカンカン帽が首をもたげる。

この顔だ。昔から、弟が自分の声と笑みによわいのを良く知っているのだ。

きゅっと喉が締まる感じに襲われ、言葉が形を変えて潰れてしまう。

「……杜撰《ずさん》過ぎるよ。金銭管理」

「あはは。二人暮らしの生活費、全部あんたがヤリクリしてくれてるもんね」

夏休みだからか、おれのちょうど向かいの席には学生とおぼしき男女がイヤホンを分け合っている様子が見えた。車内を見渡すだけでも、連れ立ったカップルがちらほらと見える。特段そういう連中を目の敵にしているわけではないが、それにしても数が多すぎるので思わずおれは呻《うめ》いた。

するると、ねえさんがにやつきながら顔を寄せて来る。

「なに、あんた、ああいう青春送りたかったの」

「別に。ただ、夏休み中ねえさんと一緒っていうのも色気が無いなって」

おれは溜息《ためいき》をつきながら答えた。

「拗《こじ》らせてるな～。部屋でむつかしい本ばっかり読んでるからじゃないの」

ねえさんの笑みは殴りつけたくなるほどにゆるんでいた。

これ以上話しても余計に鬱々としてくるのは間違いないので黙っていたが、

「あんたあたしの顔面《カンバセ》のありがたみ解《わか》ってないわね。美人でしょーが」

彼女はさらにずい、と顔を覗き込ませて、おれの懐に潜り込んでくる。

「この夏は麗しいお姉さまがずっと一緒に居てやるって言ってんのよ」

「やかましいよ。おれ以外に一緒に居る相手いなかっただけでしょ」

別に彼氏の有無が人生の幸福の有無だと言うつもりは毛頭なかったが、土俵に乗って来たのはあちらなのだから仕方がない。そもそも、ねえさんはなぜだか何があろうとずっとおれに付いてくるのだ。月が地球を優雅に衛《まわ》り、波に満ち引きを与えるように――おれを支配する法則となって、気ままに弟の傍《そば》を飛び回っている。

「凡百の男にはあたしの魅力は解んないのよ」

「本心は？」

「高嶺の花扱いは悪くないわね。見上げられる星ってきっとこんな気分かも」

「うかうかしてると撃ち落とされるかもしれないよ」

「あんた、何だって急にポエマーになってるわけ」

「ねえさんのが伝染《うつ》った」おれは至極真面目に答えた。

「チョーシ乗るんじゃないわよ」

そう言いつつも電車の中のねえさんはふだんの三割増しで饒舌《じょうぜつ》だった。

ねえさんがこんな感じになる時は、大抵何か心配事があるサインだ。

おれはねえさんを見た。ねえさんはその視線を躱《かわ》して、うすく笑った。

色褪《いろあ》せた硝子《ガラス》細工のような疲れの滲《にじ》む貌だった。

それだけで十分だった。

「実際ねえさんってさ。変なトコ結構繊細だよね」

「感性が鋭いって言いなさい。……おばあちゃんのことは、そりゃね」

すこし、カンカン帽の庇《ひさし》がうつむく。

「だっておじいちゃんはさ、幽霊みたいに徘徊《はいかい》してさ、その挙句死んじゃって――」

「ねえさん」

おれは諫《いさ》めるように呟《つぶや》いた。

ねえさんがぴたりと口を閉じるのがわかった。

うちの家は、少しだけ普通ではない。

富士ィ、富士ィ、と間の抜けた車掌の声が流れる。

おれは立ち上がり、歩き出した。


ねえさんと連れ立って電車を降りる。ホームに照りつけた日差しが眩《まぶ》しかった。JR富士駅の改札を出ると、たなびく製紙工場の煙が望める。静岡‐甲府《こうふ》間をつなぐ特急ふじかわが通る富士駅は、夏休みということもあってか人の往来が多い。駅の展望台からは見慣れた富士山《ふじさん》が望めた。もっとも、今となっては特にありがたみもない。じっさい県内に在住していれば、祖母の家へ向かう電車や静岡市に繋《つな》がる安倍川橋《あべかわばし》の上から、いくらでも眺める機会はある――お陰でねえさんは完全にそっぽを向いたまま自動販売機に直行していた。旅気分を味わいたいと言ったのは誰だっただろうか。

駅の外は燃えるような真昼で、陽はまだ高かった。

一か月ぶんの荷物のはいったトランクケースを二つ引いて（どうしておれが両方持つことになっているのだろう）、何とか日陰に入り込む。そこに、ねえさんが二人ぶんのメロンソーダを買って帰って来た。

「やっほう」

一つがおれの首筋に押し当てられた。

「あっついでしょ。熱中症なっちゃうよ」

「ありがと」

気の利くところもあるねと言おうとした瞬間、ぱっと眼下に白百合《しらゆり》みたいな何かが咲いたと思ったら、

「百二十円ね」

ねえさんの掌《てのひら》だった。ふざけんな。

「年上の甲斐性《かいしょう》を見せて欲しい。株を下げないと気が済まないわけ？」

「大学生なら押し売りには気を付けなさいって話よ。授業料ね」

姉は悪びれもせずロータリーに向かって去りながら、勢いよく手を上げる。

「ヘイタクシー！」

はためく旗のように、すらりとした腕が青空に眩しく掲げられた。

そして――掲げられただけだった。当然タクシーは来ない。

辺鄙《へんぴ》な土地なのだ。

「ふざけないでよ。田舎過ぎない？」

「文句言っても仕方ないでしょ。藤枝は立派に田舎だってば」

仕方がないのでおれは配車アプリ（これがなかなか便利だ。ゼミで友人が飲み潰れた時によく世話になる）で車を呼んでやった。

　ここいらはバスが三十分に一本しか来ないので、炎天下に晒《さら》され続けるよりは多少高くつこうとタクシーの方がましなのだ。普段はコミュニティバスも運行しているが、あいにく今日は運休のようだった。

「タクシーなんて、あんた気が回るのね。あたしに似たのかな」

「ねえさん本気……本気で言ってるの？　ほんとに？」

　不毛な会話を続けながら、ベンチで炭酸飲料を流し込む。陽はかわらず強く照り付けていたが、程なくして車がやって来た。わざとらしいメロンの残り香を袖で拭って、おれはエアコンの効いた車内に乗り込んだ。

「岩本山《いわもとやま》三丁目の方まで」

　住所の書かれた紙を壮年のタクシーの運転手に渡す。

　アイドリングのエンジンがどるンと掛かった。

　ロータリーの景色が流れ、車窓の向こうが畑と住宅地に移り変わっていく。

　暑気をやり過ごしたあとの心地よい虚脱感にまかせ田舎道を眺めていると、

「ねえ」

　ねえさんの髪が一筋、なめらかな額から剝がれ落ちているのが見えた。

「なに？　ねえさん」

「ほんとにさ。行かなきゃなんないのかな」

「……どうして？」

おれは笑った。うちの家族で、ねえさんは一番の変わり者だ。

昔から時折、よくわからないことを言う人だった。

東名《とうめい》高速道路沿いに車を走らせ潤井川《うるいがわ》を越えると、祖母の家がある岩本山付近に入る。明治の時世に建てられたのだという。木造平屋の一軒家は山あいに位置し、坂沿いに植わう茶畑に装われるとともに、周囲にはのっぽの防霜ファンがぽつぽつと立ち並んでいる。そして高い柱の向こう、きりりと晴れた空に広がる雄渾《ゆうこん》とした富士山は見慣れていてもちょっとした絶景だ。書斎を思わせる古色蒼然《こしょくそうぜん》とした佇《たたず》まいで、太宰治《だざいおさむ》よろしく納涼の気分にでも浸りたい所だったが、あいにく月見草は生えていない。

敷地《しきち》はだいたい二百平方米で、東側には縦長の母屋、西側には離れの蔵がそれぞれ並んでいる。渡り廊下で母屋と離れは行き来できるように拵《こしら》えられ、上から見るとちょうど「《かぎかっこ》のような形になっている。

キッチンには漬物や梅酒などの甓《びん》が所狭しと敷き詰められており、おれが幼少の時分にはよくねえさんと共に作るのを手伝わされたものだ。

父の家系——つまり祖母の家系でもある——はいわゆる商家だったのだが、その当主である雨鳥吾郎《あまとりごろう》の邸宅としてこの邸宅は建築されたらしい。

築百年ほどの邸宅の維持費も馬鹿にならないはずだったが、愛着があるのか先祖の遺産を切り崩してわざわざ今の土地に住み続けているのだという。


タクシーから降りてしばらく坂を歩くと、玉砂利の敷かれた庭に辿り着いた。段々飛びに敷き詰められている石のタイルを、姉はけんけんで飛び跳ねていく。その姿をみとめるように、おもむろに建付けの悪い木戸が開いた。

「アァいらっしゃい、よう来たね。疲れただろうし、上がって頂戴」

聞こえて来た矍鑠《かくしゃく》とした声の方を見ると、祖母が戸を開けて立っている。

予想していたよりも幾分元気そうで、おれは密かに胸を撫《な》で下《お》ろした。

実際、軽度認知障害になるまでは、年に似合わずしゃんとしている……といった印象の方が強かったように思う。玄関でスニーカー（おれのだ）と赤いヒールサンダル（ねえさんのだ）を脱ぎ、おれは上《あ》がり框《かまち》に踏み込んだ。

「おばあちゃんこんちは」

「こんにちは。久しぶり」

「相変わらずばかに元気ねえ。泊まっていかざあね」

「うん。電話でも言ったけど、一か月くらい大丈夫？」

「退院したばっかで色々大変だろうから、家事とか手伝うからね」

ねえさんが快活に言いながら、いそいそと家に上がり込む。

「あんた早く閉めなさいよ。蚊来ちゃうじゃない」

「わかってるって。おばあちゃんの前でばっか良い顔するなよな」

ぶつくさ言いながらも、言われた通り後ろ手に戸を閉める。

それでも黒い点のような蚊が入って来たのを、目ざとくぴしゃりと、皺《しわ》だらけの手が叩《たた》いた。

「いき蒸《し》れ暑《い》るもんねえ。蚊も来らあな」

おれたちの目を見て、祖母はひそやかに笑みを見せる。

おれとねえさんもつられて噴き出した。

「あはは……とりあえず上がろっか」

「あァ、そうそう」

談笑の生ぬるい空気を纏《まと》ったまま、祖母は言う。

「蔵には入らんでな」

釘《くぎ》を刺されたように、文字通りねえさんの動きが停《と》まった。

祖母の言葉に、あいまいな笑みを浮かべている。

おれは西側の離れを振り返った。

視線の先には、物々しい錠を何重にも掛けられた、古い蔵が佇んでいる。

十畳の和室にトランクケースを積んで、荷ほどきを始める。

縁側の軒に吊《つ》られた風鈴がちぃ、りりぃんと風鳴った。

磨《す》り硝子の外には莫迦《ばか》みたいに大きい刷毛雲《はけぐも》が見える。

「ろーまーんす、ひとっつ、だーけでー」

ねえさんの口笛――『浪漫飛行《ロマンひこう》』が響いてくる。調子はやや外れているが、音は粒立ち、風鈴をくすぐるように弾んで、やけにさまになっている。どこまでも突き抜けるアルトはそれこそ伸びやかな雲みたいだった。

姉の歌は身内びいきを抜きにしても大したもので、友人とカラオケに繰り出した翌日は、きまってSNSに姉の歌を褒《ほ》め称《たた》える旨の投稿が流れてきたものだった。

「いいけしきー」

ねえさんの声を尻目に、おれは持ってきた本を何冊か取り出す。

SF、ファンタジー、古典文学……我ながら節操のない選書だ。

星に繋がる窓を買った少年と、彼の壊れた夏休みを巡る短編集。

両性具有の人間が存在する世界を舞台に、鮮やかな性を描き出す長編。

十九世紀フランスの野心溢《あふ》れる青年が陥る恋と堕落の一幕。

小説は料理と並んでおれの数少ない趣味の一つだった。

物語の中では、自分とは決定的に異なっていて、けれどどこか似ている人々が笑ったり泣いたりしている。たとえ虚構だとしても、それらを信じることができれば、何だか自分が生きることを許されている気持ちになった。

「あんた相変わらず本の虫ね。旅先くらい風情を楽しみなさいよ」

本を手に取っていると、ねえさんが懲りずにちょっかいを掛けて来る。

「楽しみ方も多様性の時代だろ。それに一か月も居るんだし……」

「あたしと遊びたくないっての！」

何をとち狂ったのか、ねえさんが本を引ったくろうと飛び掛かってきた。

慌てて身を起こし彼女の体を避けようとするが、運悪くおれの足がトランクケースに引っかかってバランスを崩し――揃《そろ》って無様に転倒する。

二人の身体《からだ》がこんがらがって、仄《ほの》かに畳のい草の香りがした。

「暇つぶしには……なるかなって」

「あたしだけでいいわ」

「そんなことないよ」

「何だったら、あたしが連れ出してあげる」

「やめとくよ。無理させたくない」

ふたりで仰向けに言葉を交わす。ねえさんはおれから退《ど》こうとしない。

「あんたが心配なのよ」

ささやくような口調。いつになく固く、鏃《やじり》のようだった。

「お父さんとお母さんは毀《こわ》れてしまった。わかるでしょ」

「わかってる」

「あんたね――」

「わかってるって。ねえさん」

「意地はんないの」

ぺしり、とねえさんがおれの頭をはたく。

「あんただって、気になってるんでしょ。『めんとりさま』のこと――」

おれは答えなかった。

ただ、ねえさんの一筋黒く垂れた髪を弄《いじ》ってなおしてやった。

冷涼な顔立ちが、薄墨を落とされたように曇る。

ねえさんはおれにとって風景と同じだ。

そこにあるのが当たり前で、遠目に眺めれば冷たい色しか返してくれないように思えても、近付くとくるくるその表情を変えてくれる。

だから彼女がこうして触れたり喋《しゃべ》ったりしてくれるだけでおれは嬉しかった。

何もかも、それで充分だった。

「買い物に行こう。ご飯作るからさ」

どこまでも青い空に、おれは視線を切った。風鈴の音はもう聞こえない。

風はいつのまにか凪《な》ぎ、玉砂利の敷かれた灰の庭には茄子畑《なすばたけ》が蹲《うずくま》っていた。

ふいに、ちゃ、と土が舞った。

ふくらむ黒い影。

目がすばやくそれを追った。あれは、鴉《からす》だ。

ねえさんも外のただならない様子に気付いたのか、すぐに押し黙った。

畑に飛来した鴉たちがいっせいに翼をはためかせる。茄子の蔓《つる》を蹴散らし、ぎゃいぎゃいと鳴《な》き喚《わめ》いていた。すると——騒ぎを聞きつけたのか、木刀を持った祖母が外に跳び出し、鴉に勢いよく叩きつける。

黒い羽が、ぱっと散った。

鴉がばたりと地に落ち動かなくなる。

追い打ちをかけるように、木刀がさらに二度振り下ろされた。

鴉が髪の毛交じりの肉団子みたいにひしゃげる。窓越しにぐじゃりという音が聞こえるかんじがした。おれは思わずねえさんの目を覆う。

祖母はやっと鴉から目を離し、笑いながら手を横にしゃくった。

おれは窓を開け、「あそこまでする必要なかったんじゃないの」と窘《たしな》めた。

「ただの鴉でしょ。あんな……鳥獣法とか大丈夫なの。良くないよ」

「軒に」

「はあ？」

「蔵の軒に、巣作ろうとしとったから」

祖母は笑みを固めたままそう零《こぼ》して、鴉の屍体《したい》をひょいと拾い上げる。

「掃除はしとくでね。荷ほどき続けててええよ」

玉砂利にぽたぽたと垂れる血は他人事《ひとごと》のように鮮やかで赤黒かった。

現実感がない。これは本当にさきほどまで談笑していた祖母なのか？

死骸をぶら提げて去っていく祖母の背中を見つめていると、

「どこが〝軽度〟認知障害？」

いつの間にかおれの目隠しを解いた姉が、隣でぼそりと呟いた。

「だからお見舞いに来たんでしょ。施設とかも考えないとかもね」

「そう？」

ねえさんは退屈そうに髪を掻《か》きあげた。

「どういう意味」

「『めんとりさま』なんて口走る人の面倒見れるの、家族だけじゃない」

うちの家庭には、『めんとりさま』という、ちょっとした迷信というか伝承というか
——まあ、そんな符牒《ふちょう》がある。民間宗教にも似ているかもしれない。

悪いことをすると、めんとりさまが遇《あ》いに来るよ。

かたちを変えて遇《あ》いに来る。

めんとりさまに気を付けなさい。

めんとりさまは、あなたたちを見てるからね。

あなたたちは、めんとりさまを見てるからね。


当時のおれたちには、それが何なのか解らなかった。

両親に『めんとりさま』の何たるかを教わることはなかったからだ。

『めんとりさま』の名前が出るのは基本的におれたちが怒られる時だった。

母はもっぱら、『めんとりさま』への漠然とした恐怖でもっておれたちを脅し、それについて聞こうとすると父は普段よりさらに不機嫌になった。

おかげでおれたち姉弟は、子供心に『めんとりさま』の存在を常に意識し、それでいて詳しいことには踏み込まないという矛盾した態度を持つようになったのだ。だから、おれたちの家が他所《よそ》と比べても少し変わっていると気が付いたのは中学生になってからのことだ（小学生のころのおれはねえさんにべったりだったので、なかなか他の友人の家に遊びに行こうとしなかった）。

そのため、中高の友人とはほとんど家の話をしなかったし、たとえそういう機会があっても『めんとりさま』のことは伏せた。おれやねえさんが妙な宗教にかぶれていると噂《うわさ》されても、何の反論もできそうになかったからだ。

恐怖を矮小化《わいしょうか》するためになるべく『めんとりさま』のことをインターネットの都市伝説や与太話と同類に扱おうとしたが、これも上手くいかなかった。

彼らとの生活には常に『めんとりさま』の影が付き纏っていたし、それを避けるために家を出ていくことも、子供のおれたちには叶《かな》わなかったからだ。

正直なところ、両親はどこか決定的な部分が損なわれているように感じる。

生活費と住居だけを義務的に維持し、あとは家族にまるきり無関心な父親。

そもそもある時期を境に瞳がどこにも向かなくなってしまった母親。

田舎の小さな家でおれたちはずっと二人ぼっちだった。

でも、それで構わなかった。

おれにはねえさんがいたし、ねえさんにはおれがいた。

だから——いまさら、どのように生き方を変えろと言うのだろう?

荷ほどきが終わった後、昼食時になったので祖母のカローラを借りて〈しずてつストア〉まで買い出しに行った。富士駅近くにある地元資本の〈しずてつ〉は、都会のスーパーや商店と違って鮮魚の品ぞろえが良いからだ。故郷《ふるさと》に対するノスタルジーなど持ち合わせてはいないものの、人間の舌というのは単純なもので、ながいこと東京に居るとそれなりに静岡の魚が恋しくなる。交通網の発達した首都圏で生活していると、ほとんど運転の必要がないせいかペーパードライバーになりがちなので、おれの運転の技術は惨憺《さんたん》たるものだったが、どうにか一枚のエアバッグも出さず、ねえさんと祖母を無事に家まで送り届けることに成功した(その過程で二度ほどハンドルに頭をぶつけることになった)。

昼食の漬け丼を作って食べたあと、おれたちは畑の収穫を手伝っていた。コンクリートブロックを四角く並べて作られた質素な畑には、申し訳程度にナスやトマト、オクラたちが植わっているので、それらをキッチン鋏《ばさみ》でさくさく木籠に切り取っていき、後は適当に外の水道で汚れを落としてやる。

水滴を纏ってぷるぷる輝く野菜どもは素人が手慰みに育てたものにしては中々さまになっていた。ねえさんも同じことを思っていたのか、

「結構いい感じじゃん。あんたこれで何か作ってよ」

「人任せかよ」

「でもおばあちゃんに任せられないでしょ。いま刃物持たすの怖くない？」

「まあ、確かに。おれがやるしかないかもしれない」

「納得しないの。今突っ込み待ちだったんだけど」

「でも、おれにできることなら、おれがやらないと」

「あんたねえ」

ねえさんは溜息をついた。

「どーせウチは『めんとりさま』でおかしいんだから、その中でまともに生きようとしてたら、すぐに頭やられちゃうわよ。おじいちゃんみたいに」

「そういう風に死んだ人を形容するのは、よくない」

「なによ。ホントのことじゃない」

「おれはよく知らないんだよ。おじいちゃんのこと」

祖母との会話の中で頻《しき》りに『めんとりさま』の名が出るようになったのは、だいぶ昔に祖父が自殺してからのことだ。とはいえ、小さいころだったので、おれに祖父につい

ての記憶はほとんどない。この家で法事まがいをしたことを朧《おぼろ》げに思い出せる程度だった。その時に参列していた親戚の話によると、祖父はこの邸宅の蔵の中で首を吊るだか切るだかして死んでいたのだという。

流石に凄絶な死因がこたえたのか、祖母は祖父の没後ことあるごとに、「爺《じい》さんがおっ死んだのは、めんとりさまのせいだ」と——そう吹聴するようになった。

そして、軽度認知障害だと診断されたのだ。

祖母が『めんとりさま』と口にするたびに、どこか、脳の柔らかい部分にヤスリがけされたような——ひどく不吉な予感がした。

それでも、『めんとりさま』がいようがいまいが関係ない、と思う。

おかしくなってしまった祖母に対して何ができるわけでもないのだ。

おれは心理療法や民俗学なんか専攻していない、ただの学生だ。

仮に『めんとりさま』の伝承が本物だったとして、どうしようもない。

ねえさんの何か言いたげな視線を受けつつ、おれはトマトを一つもぎった。

蟬《せみ》がじいじいと鳴いている。

+

たっぷりの梅ジュースを縁側で飲むのが、祖母の家でのならわしだった。

これは祖母の家ではお馴染《なじ》みの飲料で、暑気払いには最適の一品だ。

梅ジュースの原液を作るのは、主におれとねえさんの担当だった。

まず、庭から収穫した青梅《あおうめ》をざっと洗う。

この時に、へたの黒斑を丁寧に錐《きり》で取り除き、冷暗所で乾かして水気を切ることが重要だ。材料が単純なだけに、下処理こそ注意を配らなければならない。もちろん、壜の消毒も忘れてはいけない。雑味の少ないシロップ造りにはすべての仕事が欠かせない。

飽きっぽいねえさんだが、これらの作業では驚くほどの集中力を見せたものだ。

下処理が済んだら、最初に梅を容積3〜4リットルほどの硝子壜に入れ、その上に氷砂糖を撒《ま》く。これを交互に繰り返すことで、最終的には1キロずつの青梅と氷砂糖が地層のように重なる。仕上げに、氷砂糖を蓋のように梅に被《かぶ》せてやれば完璧だ。

通常の手順であれば、この段階で仕込みは完成のはずだが、祖母のレシピではさらにここへ林檎酢《りんごす》をくわえる。酢を添加することで、保存期間が延びるだけでなく、林檎酢のフルーティなかるい酸味と梅の若々しくも深みをそなえた酸味が合わさり、重層的な味わいに仕上がるからだ。このやり方は曾祖母の代からずっと変わっていないのだという。

梅シロップの氷砂糖は、仕込んだ翌日から汗をかき始める。この段階になったら、直射日光の通らない冷暗所から容器を取り出し、少しずつ壜を回し傾けなければならない。溶けた糖蜜と酢を攪拌《かくはん》することで全体に味がなじむ。根気よくこの手順を繰り返してやると、徐々に氷砂糖の輪郭がハロゥして、見慣れたシロップ状に崩れていく。果実のガスの気泡が混ざらないように、丹念に攪拌を続けていく様はともすれば硝子細工と似ているかもしれない。氷砂糖がほとんど溶け、蜜の海に梅染色が潤めば、ほとびた実を取り出して保存するだけだ。保存期間は冷蔵でおよそ一月半から一年くらいだけれど、うちの場合は去年仕込んでから一年熟成させたシロップを半月足らずで全部飲み切ってしまう。というよりおれたちが帰省するのは基本夏休みなので、梅ジュースを飲むのにどうしても一年期間を置かざるを得ないのだ。

だから、おれたちが梅ジュースを飲むときは、そこに液化した時間そのものが蟠《わだかま》っていると言えるかもしれない。

茹《ゆ》だるような暑さを恨みながら、青梅と氷砂糖を敷き詰めたこと。

姉と我先を争い、宝箱のような壜をからころと鳴らしたこと。

溶けた氷砂糖を思わず味見しようとしたらこっぴどく怒られたこと。

それらを一纏《ひとまと》めに舌の上で転がし、余すことなく芳醇《ほうじゅん》さを味わう。

この世にこれほどの贅沢《ぜいたく》な時間があるとは思えなかった。

おれとねえさんは、祖母の家に帰って来て昼食（スパイスのかりっと効いた、夏野菜と海老《えび》のカレーだ。美味《おい》しかった）を食べて、流し台で青梅の下処理をしていた。

今年分の梅ジュースを仕込むついでに色々と考えごとをしたかったからだ。

祖母は編み物をしに自室に行ってしまったので、ねえさんと二人きりである。

「良いよねえ、これ。落ち着く」

ねえさんがザルに大量に転がった梅を一つ摘《つ》まんで、錐で穴をこじる。

かりこり、と小気味よい音が響いた。

「何かさ。写経とかやってる時もこんな感じなんだろうね」

「感性が渋すぎる」

「ええー？　じゃあ、プチプチ潰す時みたいな感じかなあ」

「あ、それなら結構しっくりくるかも」

「別にそこはどうでもいーのよ。あんた全然手進んでなくない？」

ねえさんの言う通りだった。例年通りなら三十分ほどで終わる作業なのに、今年はいつの間にか日が暮れかけている。

「……『めんとりさま』って何なのかなって」

気泡がぷくと立ち上るように、疑問がそのまま浮き出た。

「ふうん」

剃刀《かみそり》ぽく切れ上がったねえさんの目許《めもと》が細まる。

「やっぱり、おばあちゃんの言ったこと。気にしてるんだ」

おれはまた頷いた。何だかさっきから導かれてばっかりだ。

おれはさきほど起こったことをありのままねえさんに伝えた。潰れた蛙《かえる》の瞳から投射された、脳みそをやすりで擦られるような、ひどく不吉な感触。

「あれは……何か、母さんを見てる時と同じ感じだった」

そうだ。あれは母のどこも見ていない眼差《まなざ》しと同じ色合いを持っていた。

だから、あの未分類の官能を「不吉」だと嚙《か》み砕《くだ》くことができたのだ。

「あんたけっこう凄《すご》いコト言うのね」

じゃあ、とねえさんは呟く。

「調べてみれば良いんじゃない？　めんとりさまのこと」

「良いの？　ねえさんに構う時間無くなっちゃうけど」

びしっ。礫《つぶて》のような梅の実がおれの額に直撃する。

指弾なんていつ覚えたんだろう？

「ナマ言ってんじゃないわよ。あたしも一緒に調べんのよ」

「まさか面白がってないよね？」腫れた額をさすりながら訊《き》くと、

「ばか。ただの迷信じゃないなら、きちんと理由があるはずじゃない」

「それを解き明かして、どうなるってのさ」

「決まってるじゃない。おばあちゃんに安心して貰《もら》うのよ」

ねえさんは持っている錐の柄でおれを指した。

「ほんとは？」

「そりゃ、ちょっとだけワクワクしてる、けど……」

「……」

おれはこれ見よがしに溜息をついて、ねえさんにくるりと背を向けた。

「あっ露骨に呆《あき》れんじゃないわよどこ行くの！」

「お手洗い」

適当に答え、キッチンの裏口からサンダルをつっかけて外に出る。ゴミ出しが楽なように、表の坂へと通じる裏庭に行き来できるようになっているのだ。どくだみの生い茂る暗く湿った裏庭で、携帯を取り出す。ねえさんはおれが素面《しらふ》で話せる数少ない人物だったが、如何《いかん》せん騒がしすぎた。物事を進めるには然《しか》るべき機序というものがある。おれの尻を蹴っ飛ばすことにかけてはねえさんは天下一品なので、面倒事を引き受けるのはきまってこっちの方だった。おれは電話帳にメモしていた番号をタップする。

何度かコールが続いた後に、電話口から女性の声が聞こえる。

邸宅の裏口から縁側に戻った。

「ただいま」

「お帰り。あんたに野外で排尿する趣味があったとは、恐れ入ったわ」

ねえさんは不貞腐《ふてくさ》れたように、水気を切った梅を甕に詰めていた。割れた硝子のように目まぐるしく様相を変える貌も、今はつれない氷のようだ。

まずい、とおれは直感した。これは話がこじれる前兆だ。

「悪かったって。お土産もあるからさ」

おれは後ろ手に持っていた梅染色の壜を取り出して、見せびらかすようにちゃぽちゃぽ揺らした。ついでにねえさんの真似《まね》で肩もちょっと竦《すく》めてみる。

「あ、梅ジュース！　なかなか気利くじゃない」

ねえさんが相好を崩し駆け寄って来た。

去年は事情があって帰省しなかったのだが、祖母が梅ジュースの原液を作り置きしてくれていたようだ。そのころは祖母もまだしっかりしていたのだろう。

本当は梅ジュースは蔵のような冷暗所で保管できればなおよいのだが、この家の蔵は、どうにもそういう用途には使えそうになかった。西側の離れには寄り添うように土蔵が建てられているが、基本的におれたちはずっと蔵に立ち入ることを許されていなかった。

だが幼いねえさんにとって、それは心躍る探検の前振りにも映ったのかもしれない。

彼女はフィルタリングのつかないネットカフェのパソコンでピッキングの方法を調べ、おれと共に道具を自作して蔵の南京錠《なんきんじょう》を開錠した。

——蔵には入らんでね。

その言葉を忘れ、放埓《ほうらつ》に広がる暗闇を見上げ、

白い首。

男のもの。女のもの。若いもの。老いたもの。

彼らは互いを見つめ合っていた。

おれたちは叫んで走り出したが、何かに足を引っかけて視界が倒転した。

ぱきり、という音がしたから多分木か何かだったかもしれないが——その時に運悪く、観音開きの扉に強く頭を打ち付けてしまったのだ。

そしてその音で、親戚が次々におれたちに駆け寄って来る。

おれたちの親族は、年に何度か（ときどき夏休みに）祖母の邸宅に帰省するのがならわしで、名前も知らない親戚が家には沢山集まっていたのだが、

『蔵に藤枝ん処《ところ》のじゃりが入った』という怒声とともにおれたちは蔵から引き出された。そして皆は、生気が抜け落ちたような表情でこちらを見た。

恐ろしかった。ただ愚弄と失望だけが凝った、あの温度の無い瞳。

『お化けを見た』と親戚連中に言っても当然のように取り合っては貰えず、おれたちは頰をしたたかに打たれ、そのまま祖母の家から帰された。

楽しいはずの夏休みは恐怖と屈辱の記憶に替わり、それ以来扉には強固なシリンダー錠がかけられた。結局のところ、今も蔵には立ち入れていない。

『おジャ魔女どれみ』(ねえさんが好きだった。多分今でも好きだと思う)の図柄がプリントされたプラスチックのコップを取り出して、梅シロップを注ぐ。粘性が勾配し、にるにると渦を巻いた。顔の内側に咲いて爛熟《らんじゅく》させるように、梅の香りが鼻の奥で焼ける。香気を殺さないように、鋭く冷えた炭酸水で希釈して、蜂蜜をふわりと垂らしたら二十秒ほどかき混ぜる。

「これで許してよ」

「足許見てるわね」

ねえさんの黒のスキニーが機嫌良さそうにうごめき、生白い脛《すね》がのぞく。

彼女は唇の端を愉快そうにまげて、くいとコップを呷《あお》っていた。

おれは小気味の良い飲みっぷりを見ながら、

「あのさ、ねえさん」と口を開く。

ねえさんの艶《なま》めかしい喉が、応えるようにこくりと鳴った。

口をわずかに離す音。あるべき流れから切り離されたような吐息。

「おれさ……」

「もちろん探しに行くわよね！」

食ってかかるように、ねえさんの言葉が差し込まれた。

「そのための準備でしょう。さっきのは」

「気付いてたの」おれは若干鼻白みながら答える。

「当たり前でしょ。弟のことだもん」

ねえさんはコップの角でおれを小突く。

「あんたはあたしの願いを叶えてくれる」

何のためらいもなく、暴力的に断言した。だが、おれが反論することは無論ない。

それはおれたちにとって公然の秘密だからだ。

ただ、ちょっと無粋に思えたので、

「それは――」

おれがそうしたいからだと応えようとしたら、

ねえさんはうすい人差し指をおれの唇に当てる。

皓《しろ》く眩しい指先は、貝殻の破片のように優美だった。

「そうよね。だから、あたしはなるべく二人で楽しめそうなことに首を突っ込んで、あんたにお返ししたげる。覚悟しなさいよ——夏休みに楽しいことが一つもないなんて気の毒じゃない。馬鹿げてるわ。あたしに振り回されたってことにしとけばいーのよ。それが姉弟《きょうだい》ってものでしょう？」

涼し気な顔立ちに甘さを滲ませて、ねえさんの笑みが咲いた。

彼女は今、たぶんものすごく残酷なことを言っていると思う。

それでも。おれは貴女《あなた》と居るだけでそこそこ楽しいんだけどなと、そう言ってしまいたくなって、そして慌てて口を噤んだ。

おれはねえさんみたいに遠慮なしの人間ではないのだ。

もう少し姉貴面をさせといてあげるのは、中々悪くない考えに思えた。

翌日、八月十七日。おれとねえさんは富士市の天間《てんま》に向かうコミュニティバス「こうめ」に乗り、製紙工場が群立する岩本山の梺《ふもと》を抜けていく。しばらくすると、柚木《ゆのき》に辿り着いた。バスを降り堤防沿いに歩いて行くと、遠くに富士川《ふじかわ》の支流が望める。今度バーベキューか何かをするのも良いかもしれないなと思いながら額の汗を拭うと、

「今年はお祭りいくの？　あたし浴衣買ってないや」

またねえさんがちょっかいを掛けて来た。

「行くも何も、その前に帰るってば」

「大学ぅ？　三か月くらい授業行かなくても結構何とかなったわよ」

「何とかなってるんじゃなくて、見放されただけだよねそれ」

「あんたね」

「何さ」

「ホントのこと言うのやめなさい。大の大人が暴れるわよ」

柚木には、富士川東岸の氾濫を防ぐ雁堤《かりがねづつみ》が、屈曲した翼を広げている。

毎年十月にはこの雁堤で「かりがね祭り」というお祭りが行われるのだが、これは堤を建てる時に捧《ささ》げられた人柱を祀《まつ》る為《ため》のものだ。主に高さの違う三つの籠――地元の人々は「蜂の巣」と呼んでいた――に、松明《たいまつ》を投げ込む「投げ松明」が催される。

そういえば、小さいころにはねえさんと毎年「かりがね祭り」に赴いていた。

松明が振り回され火箭《かせん》のように鋭く投げこまれる光景や、和太鼓の楽奏と共に満ちる群衆のどよめきが印象的だったことを記憶している。

あれこれ考えながら歩いているとJR柚木駅に着いたので、身延線《みのぶせん》に乗り換えた。

身延線沿いには仇討《あだう》ちで高名な曾我《そが》兄弟の墓所があるのだが、ゼミでの研究のネタになるかと思って一度見に行きたいとせがんだら、ねえさんにこっぴどく叱られた。

「あんたね。うら若き乙女を墓場に連れ回すつもり？」

「自分でうら若きって言う人は、大抵おばさんみたいな精神性でしょ……」

「やかましい。だいたいあんた、何で墓所なんて行きたいのよ」

「いや、今年の大河で曾我兄弟出てたから、ゼミの発表の参考にって」

「あ。そういやあんたのところの……そう、小笠原《おがさわら》ゼミ。人文系だっけ」

「うん。だから一緒に行こうよ、お墓」

おれが何気なくそう言うと、ねえさんは物凄《ものすご》く呆れた表情を見せた。

愚鈍な亀を相手にしてるみたいな目つきだった。

「えい」

ねえさんはサンダルのヒールでかるくおれの足を踏んづける。

叫びが漏れそうになるが、ねえさんはそれにも構わず足をグリグリにじらせた。

「乙女心どうこうの前に」

がっと――鋭いヒールの角がおれの足指の骨の隙間に入り込む。

「痛い痛い痛い！」

「もうちっと、人の誘い方を勉強しなさいよ、こら！」

ねえさんは糖蜜を絡めたように甘ったるい声で笑う。

何がそんなに楽しいのかよくわからなかった。めちゃくちゃ痛い。

彼女の理不尽な説教は、富士根駅《ふじねえき》に降りるまで続いた。

ねえさんは基本的にあっけらかんとした性格だが、怒りは自分の中に静かにため込んでしまうので、いざ爆発した時にもあんまり理由を教えてくれないのだ。

別にねえさん以外を誘う予定なんてないのに、と言いそびれた気がする。


富士根から一時間半ほど炎天下を歩いたと思う。

思う、という言い方なのは、暑すぎて時間感覚があいまいになっていたからだ。

ようやく「富士すずはまクリニック」に到着したときには、暑さのあまり、白い箱のように整然と佇む病棟が冷えた氷粒にもみえていた。

「……暑すぎ。鉄板焼きやってるんじゃないんだからさあ」

流石のねえさんもこの熱気には参っていたようで、犬みたいにべろを出している。

「次からは、レンタカーでも何でも借りて……ぜったい車で来よう」

おれも汗が止まらなかった。

ねえさんの熱の籠った〝指導〟によって主に右足が錐で穿《うが》たれたように痛んでいたが、早くエアコンの効いた院内に入りたかったのでさっさと病棟の自動ドアを潜る。

真夏の病院ロビーの人影は疎《まば》らだった。待合室をサロン代わりに占拠する老人たちや、外来の患者がちらほら座っているくらいだ。真っ白な内装と、行き届いた清掃が、病院に相応《ふさわ》しい緊張感を辛《かろ》うじて保っている。

道すがら「すずはまクリニック」のことを調べてみたら、高齢化の進む地方都市に向けて老年科を設置しているらしい。精神科と脳神経内科を専門としていた医師が担当するそうで、事前に口コミを調べてみたところ、患者からの評判も概《おおむ》ね高かった。

おれたちは受付で呼び鈴を鳴らし、看護師を呼び出した。名前を告げるとすぐ診察室に通される。

部屋の中は清潔で、アルコールの匂いがほのかに漂っていた。

窓際の壁には富士山を描いた絵画がかけられている。その絵のすぐ傍に、三十手前くらいの女性がアーロンチェアごと座っていた。彼女は、と椅子を回し、怜悧《れいり》な面持ちでこちらを向く。

ピアノの弦を張るように、ぴんとした空気があたりに通った。目が覚めるほどの肌の白さが眩しかった。ばっさり切り揃えられた短い黒髪からは、利発そうな広めの額が覗き、憂いを帯びた細い目許や端正な顔の造りは、銀縁の丸眼鏡の奥に伏せられている。詩的な表現をすれば寒冷な山脈に佇む雌鹿のようにも見えた。

「改めまして、お電話どうも。鈴浜《すずはま》です」

祖母の担当医——鈴浜さんが柔らかい調子で口を開いた。

名前もわからない医療器具にくるくる視線を走らすねえさんを無視して、

「電話の通り、祖母の病状を伺いたいのですが、難しいでしょうか」

鈴浜さんはおれの問いに、わずかに眉を上げる。

「身分証は持っているかな」

おれは素直に財布から免許証を取り出し、鈴浜さんに渡す。

ねえさんもパスポートを見せた（彼女は免許試験に落ちている）。

「失礼」

鈴浜さんはデスクのモニターと免許証をしばし見比べてから、ふいにやわらかく微笑《ほほえ》
んだ。遠目で見ればほとんど解らない表情の変化だったが。

「……結構。家族のひとでも、病状を教えるなら身元確認はしなきゃならないからね」

手早く眼鏡を直しながら、鈴浜さんは再びおれたちの方を向く。

所作の一つ一つに実直さが見え隠れするようだった。糊《のり》が効いたサージカルクロスも、
彼女の人品の隙のなさを窺《うかが》わせる。

「今回は患者さんの判断能力に疑義が呈される状態だし、本人の同意は不問とするけど、
次からはちゃんとおばあさまと一緒に来てね」

「わかりました。ただ今日は、少し鈴浜さんに相談したいことがあって……」

そこまで言っておれは逡巡《しゅんじゅん》したが、鈴浜さんが頷いて続きを促したのを見て、

「祖母の発言が、どうにも気にかかるんです」

結局最も相談したかった事柄を口にすることにした。内容が内容なので話すかどうか迷ったが、患者の家族の負担を軽減するのも医者の仕事だと思った。

鈴浜さんは身を深く椅子に沈みこませおれの言葉を待っているらしかった。

「軽く勉強しただけですが、祖母は軽度認知障害《MCI》ということでしたよね」

「そうだね。最近は詐欺の被害に遭われたとも伺っているし——何より、診察過程で記憶障害の諸症が見られたから」

鈴浜さんは淡々と返すが、おれの意識はその剣呑《けんのん》な単語に引っ張られる。

「……記憶障害？」

初めて聞いた話だった。軽度認知障害の症状に記憶障害があるのは認識していたが、祖母はそんな素振りを全く見せていなかったからだ。

「おばあさまは自分の症状について何も言ってなかった？」

鈴浜さんの口調が石造りのナイフのように固くなる。

「はい。その……祖母の病状も、実は先日父から聞いたもので」

おれがそう答えると、彼女の表情が、一気に当惑したものに変わった。

　無理もないと思った。普通の家庭であれば、父が病状を把握しているのならよほどの都合がない限り本人が病院に赴くはずだ。少なくとも、孫二人に病人を任せる理由にはならないだろう。もっとも、話を遮りたくはなかったので、おれは無言で鈴浜さんに先を促す。鈴浜さんは少し眉を上げて、チェアの位置を直した。

「おばあさまね、おじいさまとの記憶が無いみたいなの」

「……祖父との記憶が？」

「ええ。日常生活における文脈の保持、いわゆる意味記憶に関しては今のところ支障はないみたいだけれど」

　白く細い手がペンをとり、診断書に何事かを書き付ける。

「おじいさまと何処《どこ》そこに行ったとか、具体的な顔と名前だとか、解りやすく言えば、『思い出』かな。今回おばあさまに異常が見られたのは、こっちのエピソード記憶の方」

「じゃあ、祖母は一種の記憶喪失のようなものなんでしょうか」

「そう捉えて貰っていいよ。本人が『思い出せない』の一点張りだったからね」

　そこまで言い終えて、鈴浜さんは小さく眼鏡を掛け直した。

「症状の確認も兼ねて、おばあさまと一度話してみるのはどうかな。軽度認知障害は、早期発見なら適切な治療と会話で病状が回復することもあるし」

　鈴浜さんの言葉はしごく真っ当なものだった。祖母ときちんと話せるという前提が成立していれば、あるいはそうしていただろう。

だが、たった一つ——おれにはどうしても気にかかることがあった。

「鈴浜さん」

おれは気付かない内に、声のトーンを落としていた。

「『めんとりさま』という言葉に、聞き覚えは？」

鈴浜さんはその言葉に、一瞬身をかたくしたように思えた。

そして、そこに蟠ったものを排気するように溜息をつく。

「聞いたことがあるんですね」

「……それ、きみたちのおばあさまも言ってたからね」

鈴浜さんの口調に、さきほどの明晰《めいせき》さはなく、ありありと困惑している様子が窺える。

ねえさんは隣で肩を竦めていた。

「わかりました。一度、祖母とよく話し合ってみます」

鈴浜さんは頷いた。『めんとりさま』について深く詮索しようとはして来ないみたいだった。きっと彼女の目には、突拍子もないことを言い出した祖母の世話を引き受けた普通の孫姉弟に見えているのだろう。

「その、鈴浜さん。祖母の話は、よくわからないことも多いと思うんですが」

鈴浜さんはデスク上のラックを開けながら言った。

「構わないよ。解らないことを解らないまま受け止めてくれる人は、誰にだって必要だから……今回はたまたま、それが私だっただけで」

なにかを探り当てた小さな手が、おれに紙片を渡してくる。

おれは受け取って紙面をみた。ねえさんも椅子を転がして覗き込んでくる。

名刺には明朝体《みんちょうたい》で、

富士すずはまクリニック院長
鈴浜海里《すずはまかいり》
Address:c20.suzuhama@gmail.com
Call:2443-2541-△△△△

鈴浜さんの連絡先が印刷されていた。

「『めんとりさま』のことは解らないけれど。……何か気になることがあれば、いつでも連絡して。私としても、おばあさまの容態には気を配りたいと考えているから」

「良いんですか？　そこまでして頂いて」

「私は医者だからね。それに、この街の人が好きなんだ」

椅子を回転させて鈴浜さんは立ち上がる。視線の先には、富士山を描いた油絵。額のプレートに『春の富士・Ⅱ』との印字がある。

「私の祖母が描いたの。家の縁側からよく富士山が見えてね。一緒に絵を描きながら、色々な話をしたよ。東京じゃあんな景色は見えなかったな」

「鈴浜さんも、おばあさんと暮らしていたんですか？」

「そう。事情があって、祖母の家のある富士で生活していたんだ」

そう言って鈴浜さんは、ネクタイを外すみたいにふっと口許を緩めた。

「だからさ。きみたちみたいな子を見ると、手伝ってあげたくなる」


結局あの後、おれとねえさんはまたぞろ二時間半かけて祖母の家に戻った。

家の鍵を開けると、微《かす》かに鼾《いびき》が聞こえる。祖母は昼寝をしているのだろう。起こさないようにそっと渡り廊下を忍んで歩く。暑い暑いと駄々をこねるねえさんを引っ張り、エアコンの効いた部屋にぽいと放り込んでやることでようやく人心地ついたようだった。

時刻はもう夕暮れで、紫がかった夕空が畳にあいまいな光を落としていた。

おれは鈴浜さんの言ったことを思い出していた。東京ではこんな景色にはお目にかかれないという言は、確かにその通りかもしれない。

「縁側開けてよ。風気持ちよさそうだし」

「やだよ。エアコンの風逃げちゃうだろ。電気代もったいない」

「あんた所帯じみてるわねえ」

「ねえさんがおれに所帯持たせたんでしょうが」

姉との二人暮らしでは、主におれが家計の管理をしている。

「そっか。おばあちゃんちの電気代無駄遣いするのも悪いしね」

「……意外とさ」

「なに？」

「常識あるよね、ねえさんって」

おれはエアコンを消した。ねえさんが何かを言うよりも早く、

「いま、外そんな暑くないよ」

雨戸をがらりと開ける。

夏の夕暮れの、わずかに甘く湿った空気が庭から吹き込んできた。

おれは持ってきていた梅ジュースをねえさんの傍にことりと差し入れる。

「あんがと」

彼女は当然とでも言うようにコップを手に取った。

そのまま豪快に呑《の》み干《ほ》して、長い吐息を漏らす。

「おかわり」

「はいはい」

もう一杯。ねえさんは心底うまそうな表情で梅ジュースを呷り、長い手足を晒《さら》け出《だ》すように縁側に寝そべる。

まるでサバンナのだれた肉食獣が昼寝しているみたいだった。

「あんたこそ、いつもあたしのお願い聞いてくれるじゃない」

「そりゃあね」

「ふうん。そりゃそうか」

「うん」

「ひどいね、あんた」

「うん」

既に『おジャ魔女どれみ』のコップは夏の暑気にたっぷりと汗をかいていて、古ぼけたプリントをより褪色《たいしょく》させているようにも見えた。

「おおきなこえでぴりーかぴりーららっ」

ねえさんの澄んだ歌声が響いて、風鈴がちりんと揺れる。

「懐かしいなその歌」

「あたしの十八番《おはこ》だっての。大人になった今でも大好き」

ねえさんは白い歯をむき出してにっと笑った。何の衒《てら》いもない笑みは、何だか魔法にかけられたみたいだった。

「ねえ」

「うん？」

「良い人なんじゃない？　鈴浜さん」

「なにが？」

「にぶいわね。これからのこと次第だけど――もっとさ、『めんとりさま』のこととか、きちんと相談しても良いんじゃないってこと」

「それは」

おれはちらりとねえさんを見て言った。

「そうかもね」

「〝そうかもね〟じゃないわよ。すかした海外ドラマみたいな返事しくさって、どうせあたしたちでできることなんて限られてんだから」

ねえさんはコップの底でこつんとおれのグラスを叩いた。

「ちっとは人を頼りなさいよ。一人だけで頑張ろうとするのは真面目さでも何でもないってば、ただの社会性と自己認識の欠如が裏返ってるだけ」

「めちゃくちゃヤなこと言うね。人によってはそうでもないんじゃない」

「諫言《かんげん》は耳に逆らうのよ」

「はあ」

おれは気怠《けだる》い返事を返しつつ、梅ジュースを一口呷った。

黄金色の糖蜜が喉に絡み、鹹《から》い酸味が心地よく甘さを洗っていく。

気泡が弾《はじ》けるたび鮮烈な梅の香気が舌で躍った。

「まあ、かかりつけの医者だし。何かあったら鈴浜さんに相談するよ」

実際のところ、鈴浜さんには『めんとりさま』という突拍子も無い話をきちんと受け止めてくれるだけの良識はあると思われた。

そもそも当事者のおれたち自身が未《いま》だに『めんとりさま』をよく解っていないのに、それに耳を傾けてくれる人が果たして何人いるだろうか、という話でもある——そこまで思索をめぐらした所で、不本意ながらも始めたこの謎解きに、予想外のモチベーションを感じている自分に気付いて苦笑する。

ねえさんとこういうことを話しながらだらける時間は悪くなかったし、夏休みはたっぷり残っているのだ。来年からは就職活動もあるから、自由な時間も取れなくなる。最後にさえないバカンスを過ごすのも悪くない。

もしもこのたるんだ夏休みの中で『めんとりさま』の謎を突き止めたなら、ねえさんは喜ぶだろうか。

「乾杯ね」

ねえさんは声をひそめて、コップをおれに掲げてきた。

「何に？」

「めくるめく謎解きの始まりに」

途方もなくふざけた口上に、おれは仕方なくグラスを鳴らしてやる。

かつ、と乾いた音が鳴り、『おジャ魔女どれみ』に縋《すが》る水滴が硝子に移った。

ぬるい夕暮れが風鈴を揺らす。

縁側にうつむいたねえさんの鎖骨、肩、膝の窪《くぼ》みは橙色《だいだいいろ》の夕影を泥《よど》ませ、触れば柔らかさを返してくれるような、官能的な陰影を編み出していた。

ねえさんの輪郭ぜんたいがあいまいな薄暮れの光媒を帯びて潤む。

涼やかな顔立ちも、いまは薄墨を透かされたように翳《かげ》る。

おれはいつか見た闇を思った。


悪いことをすると、めんとりさまが遇《あ》いに来るよ。

かたちを変えて遇《あ》いに来る。

めんとりさまに気を付けなさい。

あなたたちは、あなたたちを見てるからね。

あなたたちは、めんとりさまを見てるからね。

＋

〈♪会いたいと思うことが　何よりも大切だよ……〉

米米CLUBの『浪漫飛行』と共に目が開《あ》いた。何だか酷《ひど》い夢を見たなと思いながら、曲の流れる携帯に目を向ける。

「あっ」

おれは半ば条件反射的に隣の布団を見た。

眠るねえさんの眉が、発条《ばね》仕掛けのように撓《たわ》められて、今にも弾けそうだ。こういう場合、おれに残された猶予は三秒フラットだった——彼女の寝起きの機嫌は破壊的というほかないからだ。一秒で布団を跳ね飛ばし、もう一秒でねえさんが寝ている部屋を転がるように出て、最後の一秒で台所から裏庭に脱出する。一緒の部屋で寝るのがわかっていれば、もう少し遅い時間に設定し直していた。おれの目覚ましの設定ミスのせいで叩き起こされたねえさんがどうなっているのかはあまり考えたくなかった。

朝の湿ってやわらかい空気を十分に堪能《たんのう》したせいか、すっかり目も醒《さ》めてしまっている。姉のことを考えると寝室に戻れたものでもなかったので、少し裏庭を歩くことにした。裏門の近くの倉庫からアルミの柄杓《ひしゃく》を取る。備え付けの水道から水を汲《く》んで、適当に打ち水をしてやる。玉砂利が水を吸い、灰色が濃い色にこずんでいった。

静寂のよどむ庭に、水を遣《や》る音が響く。

打ち水が終わったら、庭のどくだみにも水を掛けてやる。雑草に水が要るのかどうかはわからなかったが、こうも暑いと立ち枯れてしまうと思ったからだ。

ぷるぷる震えながら滝行をする茂みをおれはぼうっと見つめていた。

昔からおれはこんな感じだ。雑草なんて枯れるままにしておけばいいのに、要らないはずのものを、自分が何とかできるかもしれないという理由で放っておくことができない。

暇な時に余計なことまで手を回したがる自分の悪癖が出ていると思った――何だか馬鹿らしくなってきたので、家に帰ろうと思って振り返ると、

「水撒《みずま》きありがとうねえ」

祖母が勝手口に立っていた。

反射的におれは後ずさる。

じゃくっ
玉砂利が擦れる音が頭の中ではじけた。

一拍遅れて、自分が驚いたのだと理解できる。

「……おはよ」

「早いねえ。お街遊び行かにゃあの」

祖母は腰を曲げたまま、後ろ手を組んでおれの方に歩いてきた。

じゃく、じゃく、と砂利が擦れる音が響いていた。

「うん。ねえさんまだ寝てるから……ねえ、おばあちゃん」

「なにさあ」

「おじいちゃんとのこと、忘れちゃったの？」

おれは柄杓を持った手を、だらりと下げたまま尋ねた。

「鈴浜さんから聞いたんだら」

「うん。ごめんね、おれたちが無理矢理教えてって頼んだんだ」

「構わないよ。えらい心配してくれたんだものねえ」

祖母は戸口の框に腰を下ろす。

「爺さんの話さ、しても良いかね」

おれは頷き隣に座る。

祖母の身体から、樟脳《しょうのう》と薄荷の匂いが過《よ》ぎっていった。

「あの人はね、元々入り婿だったのよねえ。あたしん在所《ざいしょ》は岩本山のおだい《地主》だったもんで、お街の大学に勤めてた爺さんと見合いしたんだけども。そん時の爺さんは学者さんしとって、そりゃぶしょったくて、いっとうつまらなそうな顔しとったから」

「うん」

「『そんなお顔あらすか』って呶鳴《どな》りつけてやっただよ。んだら、最初はこんなお人に嫁入りさするの、辛《つら》いって思っただに――」


祖母はそこまで言って、ぱたと述懐を止めた。方言はおれでも聞き取れるかどうかというほどにきつくなっていたが、要するに祖父とのなれそめを思い返しているのだろう。

おれは話の続きを促そうとして――ぞくり、と恐ろしい予感に襲われた。

「おばあちゃん――」

祖母は薄い笑みを浮かべて、庭の茂みを見つめていた。

「おぼえとらんのよ。そっから、なんにも」


おれは愕然《がくぜん》とした。

鈴浜さんから祖母の病状を聞かされた時点で、「忘れている」の程度についても想像はしていたが、ここまで忘れているとは全く考えていなかった。鈴浜さんの伝え方は、あくまで記憶の一部に障害があるというものだったからだ。祖父と最初に会った時の記憶より先のリレーションがぽっかり喪《うしな》われているというのならば、祖母の症状はおれたちが考えているより遥《はる》かに重篤だ。

「おばあちゃん。おれの名前は、わかる？」

祖母は弱々しく頷いた。

そして、おれの名前を答える。

「じゃあ、ねえさんの名前は？」

これも問題なく正しい答えが返ってきた。おれたちの名前と顔がちゃんと結びつき、祖母の中でただしく認識されているということだ。まだ鈴浜さんの言う所の意味記憶まで侵されてはいない、とわかり、おれは内心少しだけ胸を撫で下ろした。受け答えも明晰で、呆《ぼ》けているようには見えない。現段階でそれと判《わか》る異常は、祖父に係《まつわ》る記憶だけのようだった。

「とりあえず、鈴浜さんに看《み》て貰った方が良さそうだね」

祖母の背をさすりながらおれは言った。

だが、祖母は力なく首を振る。

「なんぼお医者さん行っても治りゃんのよ」

「大丈夫だよ。力になってくれるって、おれも面倒見るし。大学は休学すればいいから、しばらく三人で暮らそうよ」

おれがいくらそう言っても、祖母は首を振るばかりだった。穏やかな祖母がここまで抵抗の意志を見せるのは非常に珍しかったが、だからこそ頑迷な老人にありがちな病院不信などではないように思えた。

「じゃあおばあちゃんはさ。どうしておじいちゃんとの思い出がないことを、おれに教えてくれたの？　そういうこと言われたら、心配になるよ」

おれがそう言うと、祖母の瞳が耽溺《たんでき》するように細められた。

「あんたら、賢い子だけども『めんとりさま』馬鹿にゃあせんかったか」


……まただ。

また、『めんとりさま』だ。


「『めんとりさま』には、そういう思い出を食べる力があるって？」

額に手を当てて、汗を拭った。溜息が出そうになったのがわかった。

「じゃあ、『めんとりさま』って何なの。お化け？　幽霊？」

それでもってさ、おばあちゃんはどうしてそんなに幸せそうなのかな。

おれはそれを何より尋ねてみたかった。

祖母の目はうっとりとしていた。焦がれているようだった。

何より、その視線はこの世のどこにも繋がっていないようにみえる。

「めんとりさまはねえ」

祖母は少女のごとく軽やかに言う。さきほどの弱々しい口調が嘘《うそ》みたいで、目はわずかに潤んでいた。おれはすぐにでもこの庭から立ち去りたかった。

「辛い思いでをうっちゃって、楽しい思いでさ作ってくれるのよ。だから、爺さんが帰って来てくれたのねえ。あんたのお父《とう》は怒っちょったけど、おかげであんたらを呼べたわ」

知っているはずのおれの家族が、
知らない人みたいに話している。

祖母は笑みを張り付けたまま、瞬きをしていない。

「――わざと、おれたちをここに来させたの？」

呻くように唇を動かしたら、喉の肉が張り付いて掠《かす》れた。

口の中がからからなのに、唾液だけがねばついているのがわかる。

「だに、あんたも、いい加減めんとりさまに思いでくりょう。いつまでも、意地張ってさないで。くりょう」

祖母が笑って、無造作に手を差し出してくる。

ぶ厚く扁平《へんぺい》で、

「ほらあ」

霜のような皺のおりた、

「くりょう」

暖かそうな手だった。


「くりょう」


何の恐ろしい徴《しるし》もない、おれの知っている手。

おれとねえさんに梅のジュースを振る舞ってくれた、懐かしい手だ。

おれは突然その手に何もかもを委ねたくなった。

その方が楽になると解っていたからだ。

視界がきゅうっと窄《すぼ》み、

肌色に咲くその手しか、もう見ることはできない。
手。
あの手。
だからおれは、
祖母の手をとろうとして、

「おはよ、おばあちゃん」

鋭い薄氷のような、涼やかな声が聞こえる。

振り向くと、デニムのショートパンツと薄手のタンクトップ、サマーパーカーを羽織ったねえさんがずらりと勝手口に立っていた。

「二人そろって何してんの？　中の方が涼しいよ」

「ねえさん」

祖母も勝手口の方を向いた。

「献立の相談してたってわけでもなさそうね」

ねえさんは平生と変わらない口調で、ずかずかと玉砂利の庭に踏み込んできた。そのまま祖母との間に割り入って、おれの手を取る。

ねえさんの手は細く立体感に満ち、みずみずしさに溢れるようだった。握るとひんやりとして冷たく、なのにすばしこい生命力が駆け巡っている。

「ごめんね。こいつ、あたしのだから」

ねえさんは舌をちろりと出しておれの手をずんずんと引っ張っていく。祖母はなにごとも言わずに、そこに薄笑いを浮かべて佇んでいる。

ただ最後まで、あのどこにも繋がっていない目で、おれを凝《じっ》と見ていた。

皺々な瞼《まぶた》へ埋もれた瞳に、星空のような闇を湛《たた》えて。


錘《おもり》じみた疲労が身体を支配し、おれは布団に倒れ込んだ。

何だか凄く疲れていた。ここ数日歩き回ったり祖母の面倒を見ていたせいかもしれない。すこし憩《やす》もう——眠気に抗《あらが》えず、おれは目を閉じる。

ねえさんの「おやすみ」という声が聞こえた気がした。

目が覚めたころには、もう祖母の行方はわからなくなっていた。

Plum Juice

「はい。では、引き続き捜索のほどよろしくお願いします」

警察の電話にそう返して、おれは受話器を置く。一日かけて八代町《やしろちょう》の富士警察署に事情を説明に行った後、おれは一旦祖母の家に戻っていた。

二百平米の平屋に、今はおれとねえさんの二人だけが残されている。

あの庭で話したあと、おれが十分ほど眠ってしまった間に、祖母は忽然《こつぜん》と姿を消していた。もっとも通帳や印鑑といった貴重品はそのまま家に残されていたし、かと言って細々とした所持品が持ち出された様子もなかった。当然家には姿が見えなかったので、「すずはまクリニック」や〈しずてつ〉にも足を運んで捜してみたが、結局どこにも祖母の姿が見つかることはなかった。警察に頼んで蔵も一応調べてみては貰ったものの、微妙そうな顔で祖母の痕跡は特に見当たらなかったと言葉を濁されるだけだった。

もっとも、それも当然のことかもしれない。実家の状況は客観的に見て不気味すぎる。

捜査の過程で警察には一通りの事情を伝えたが、『めんとりさま』のことは話さなかったからだ。祖母だけが信じている迷信ならともかく、うちの家族は大抵『めんとりさま』にやられている。下手をするとカルト教団だと疑われかねない。警察は鈴浜さんの所にも事情聴取の手を伸ばしたそうだが、やはり徒労に終わったのだろうか？

聴取から解放された後、改めて両親にも電話で祖母が行方知れずになった旨を伝えたが、父は「そうか」と疲れたように零すだけで、それ以上詳しいことは尋ねなかった。警察から行方不明の旨を既に伝えられていたのだろう。


「おまえは帰って来るのか」

「もう少しこっちでおばあちゃん捜してみるよ。心配だし」

「そうか」

「そっちにも警察から連絡色々行くと思うから、それだけよろしく」

「わかった。面倒は起こさないようにしろ」

「既に面倒が起こってるんだって。ねえ、父さん」

「何」

「おばあちゃんがさ、『めんとりさま』って――」

そこで通話は途切れた。

「くそ、正気かよ」おれは携帯を放り投げて毒づく。

物凄くむかついていたので、掘り座卓に勢いよくあぐらを掻いて梅ジュースを焼酎で割った。普段酒は嗜《たしな》まないが、今だけは何もかもアルコールで洗い流してしまいたかった。

形だけは保たれていた平穏が、崩れ去りつつある。

父の態度だけではなく、家族全体が熱病にかかったようにうなされている。

『めんとりさま』という姿の見えない熱によって。

所持品や貴重品が残されていたことから、警察は祖母の失踪を認知症の初期症状による徘徊癖のためだと（現段階では）考えているようで、つまり祖母は特異行方不明者として認定されたことになる。祖母の生活半径を中心に捜索しているそうだが、老人の足ではそう遠くへ行けないことが救いだとも話していた。生活安全課の刑事は当初おれに対して呆れを隠そうともしなかったが、両親がおれだけに祖母の介護を任せていることを話したら顔色を変えた。同情の目が半々、疑いの目が半々といった具合だ。

「あんたこのままだと犯人扱いされちゃうんじゃない」

後ろから頰をつついて来たねえさんの言う通り、問題はそこだった。

「絶対やばいわよ。相続金目当ての祖母殺しなんてマスコミが大好きなネタじゃない」

「飛びつかせもしないし、そもそも殺してない。本当に何てこと言うの」

「だってあんた、おばあちゃんと喧嘩《けんか》してたじゃないのー」

「……気付いてたんだ」

「もっちろん。可愛《かわい》い弟のことよ。言わなくても解るに決まってる」

「ほんとは？」

「こっそり起きて聞き耳たて\てました。姉に隠し事できると思わないこと」

「莫迦じゃないの……」

ねえさんの愚にもつかない冗談に付き合っていたら、何だか本当に色々と阿呆《あほ》らしくなってきた。事態の収拾がつくビジョンが全く見えない。なにしろ祖母は結局、『めんとりさま』の謎を遺《のこ》して消えてしまったのだ。優しいひとだったはずなのに、あの時はもう知らない人間にしか見えなかった。

「ま、こわい思いしたんでしょう。警察に任せて、しばらく休みなさいよ」

ねえさんはうすく笑いながら窄んだ梅をグラスに揺らしていた。

「家族なんてあたしとあんたの二人で良いって。しばらくはね」

その姿がどことなく寂しそうに見えたので、おれは何となく口を開いた。

「駄目だよ」

「何で」

「ねえさんが悲しむ」

おれはそう言って、ねえさんの空のグラスを取った。

卓の向かいにいる彼女が、呆けたようにおれを見つめている。

「ねえさんはおばあちゃんのこと好きでしょ。おれも嫌いじゃなかった」

とくとく、と梅ジュースをそそいでやる。どろりと濁った黄金色の蜜が、グラスの底に澱《よど》んでいった。焼酎を注《つ》ぎ足《た》して、マドラーでかき混ぜてやる。

「だからさ」

おれはちょっと酒が入っているのを自覚しながら、梅焼酎の入ったグラスを渡した。

慣れない酒に脳が茹だっていたが、それでよかった。

「おれは捜すよ。『めんとりさま』のことも、おばあちゃんのことも」

こんな気恥ずかしいことは、こうでもしないと言えやしなかったからだ。

おれだって、ねえさんの望みくらいは叶えたい。

ねえさんは何も言わずにグラスを取って目を細めた。

彼女の涼し気な目許が、いまは熱を帯びている。

「あんたさ」

「うん」

「ちっとは乾杯し甲斐のある男になったわね」

ねえさんは挑発するように。グラスを突き出す。

「何に？」

「うーん、そうね。じゃあ、壊れまくった夏休みに」

ねえさんにしては中々愉快な口上だ。

ちん、と硝子を打ち合わせる涼やかな音が響いた。


翌日になった。

目覚まし代わりの『浪漫飛行』で、また目が開《あ》いた。

〈♪会いたいと思うことが　何よりも大切だよ……〉

米米CLUBを流すスマホをスヌーズして、日付を確認する。

八月二十日。祖母の家に来てからもう五日が経過していた。もっとも、『祖母の様子を見に行く』という当初の目的は彼女が行方知れずになったことにより既に消失していたので、今おれが祖母の家に残る理由は何も存在しない。少なくとも、ねえさんとの約束以外には。そして、おれをここに留《とど》まらせた当のねえさんは、今も隣で『おジャ魔女どれみ』の枕を抱いて眠っていた。

この枕はねえさんのためだけに購入されたものだという。小さいころきかん坊だったねえさんは、祖母の家に行くたびに枕が違うとぐずっていたらしい。

そこで「少しでも安心して眠れるように」と、祖母自ら静岡の伊勢丹《いせたん》まで行って、当時ねえさんが大好きだった（というか、今も結構好きな）『おジャ魔女どれみ』の枕を買って来てくれたのだ。それ以来ねえさんは祖母の家でもよく眠るようになったらしい。

枕をぎゅうと抱き締めるねえさんは目尻に涙を浮かべていた。

たぶん、祖母のことが気にかかっているのだろう。

無理もなかった。気丈に振る舞っているが、ねえさんもそこそこ参っているはずだ。

おれは枕もとのティッシュを取り出して、軽く涙滴を拭ってやった。

だが慣れないことをしたのがまずかったのか、

「うん……」

緞帳《どんちょう》を開けるようにねえさんの瞼がひらく。

「おはよ」おれはちょっと早口で言った。

「……あたしの七時間睡眠連続記録を、妨げたわね」

「健康優良児誇ってる場合じゃないよ。朝ごはん、買い行かないとさ」

これは本当のことだった。祖母は食糧の買い溜《か》めもしないまま消えてしまったし、おれも捜索願の提出やら事情聴取やらで忙しかったので、ここ二日間買い物に行く時間が無かったのだ。いつ祖母が帰って来ても良いようになるべく家に居るつもりだったが、腹が減るのばかりは仕方がない。警察の人に頼んで家に張って貰うにしても、こんなに早い時刻から電話するのでは迷惑だろう。

「梅ジュースだけ飲んで羽化登仙するつもりなら別に良いけど」

それに、とおれは付け加える。

「今日はおれが奢《おご》ったげるからさ」

「……仕方ないな。山を下りてしんぜようじゃないの」

ねえさんは布団を羽織り、それこそ羽化登仙のごとくはためかせた。

無駄に埃《ほこり》が立つので本当にやめてほしかったが、ねえさんは旅先でも平気で枕投げをする類の人間だったのをふと思い出す。

その朝、おれたちは岩本山を下りて、市内の定食屋で朝食をとった。

朝食ついでにそれとなく祖母の行方について聞き込みを行ってみたが、目ぼしい成果は得られなかった。唯一良かったことと言えば二人分の黒はんぺんフライを平らげたねえさんが、すっかり調子を取り戻したことくらいか。

黒はんぺんは鯖《さば》・鯵《あじ》・鰯《いわし》などの青魚を原料とした静岡県の郷土食で、全国で良く知られている白はんぺんと比べざらざらとした野性味がある。練り物というよりはむしろ魚肉ほんらいの風味に近く、揚げ物との相性は抜群だ。

湯気の立つフライをしゃこっと齧《かじ》れば、軽く剣先立った衣と詰まった魚肉の粒感が絶妙なコントラストを与えてくれる。また、骨ごと練り込んだ素朴な旨味《うまみ》はソースの甘辛さとまじりあい、懐かしい味わいが舌の上で躍る。

「これよこの味よ」

ねえさんは目に妙な光を湛えていた。

「お土産、黒はんぺんにしよ。責任持ってあたしが預かるから」

「食いたいならおれが買っていくから、そんなさもしいこと言わないでよ。というか、何だってそんなにお金がないの？　こないだ下ろしたよね？」

「ハネムーンの為に取ってあんのよ」

「全く心当たりがないってことね。まあいいや……じゃあさ、これからどうする？　調べることいっぱいある気がするんだけど——」

そう言いながら豚汁を啜《すす》ると同時に、

「ああ」

背後から、聞き覚えのある鷹揚《おうよう》な声。

ねえさんはにやにや笑っておれの後ろを指さしている——思わず振り返ったら、見知った人影がおれたちを見つめていた。

「おはよう。奇遇だね、こんな所で」

祖母のかかりつけ医だった女性――鈴浜さんは小さく手を振った。今日は糊の効いたサージカルクロスではなく、ポロシャツにジーンズ、スニーカーというラフな格好をしている。しゃんとした立ち姿からは潑剌《はつらつ》としたエネルギーが溢れているようだった。ちょうどこれからハイキングにでも出かけるのだろうかなんて考えていると、当の鈴浜さんが鋭い眦《まなじり》をふっと緩めて、おれたちの座る席に歩いてくる。

「相席、構わないかな」

「どぞどぞ～」

ねえさんが鷹揚に（しかも勝手に）答えたが、別におれも構わなかった。

もとより鈴浜さんに祖母を捜してくれた礼をしたかったからだ。

おれはねえさんが平らげた二人前のはんぺんフライの皿を片してやる。

鈴浜さんは姉の横に生シラス丼の乗ったお盆を置きつつ呟いた。

「……健啖家《けんたんか》なんだね」

「いえいっ。健康優良児です」

「恥ずかしいな」

これは、なぜかやたら眩しくピースを構えるねえさんのことを指していた。

「あはは。医者としては、食欲が旺盛なのは喜ばしいよ」

鈴浜さんは穏やかに笑っている。プライベートということもあるのだろうが、病院と違って……険が取れたというか、印象が柔らかいようにも感じられた。

「警察の人から、祖母の捜索に協力してくれたと聞きました」

「患者さんのことだから。検査入院で病状の悪化を見抜けなかった私にも、責任がある」

「いえ、そんな。おれの方こそ、お礼をしなきゃって」

鈴浜さんは首を振った。

「いいんだ。それよりおばあさまの行方について、その後何か進展は？」

「全然です。今日はちょっと遠くを捜してみようかなって」

ねえさんが答えるのを、おれは黙って聞いていた。実際、八月の暑さに耐えかねてどこかで涼んでいるという可能性もちょっとだけあるかもしれない。

「……そう」

だがそれを聞いてわずかに、眼鏡の奥の瞳が伏せられたのをおれは見た。

医者としての務めは十分果たしていたのだから、鈴浜さんが責任を感じる必要はないと言いたかったが、彼女にとっては気休めにはならないのだろう。

恐らく鈴浜さんは今日も祖母を捜しに行こうとしている。

鈴浜さんの服装は山登りやハイキングを趣味だと仮定するならあまりに軽装備だったし、そもそも診察室でちらっと見えた肌は驚くように白かった。

仕事柄もあるだろうが、それ以前に屋外に出ない人なのではないか。

おれの推測が当たっているなら――おれは鈴浜さんの誠意に応えなければならない。

祖母が行方知れずになったのは、おれにも責任の一端があるからだ。

最後に祖母と話したのは、おれだ。

「――鈴浜さん」

だから今、打ち明けるべきだ。ねえさんだってきっとそうするだろう。

もしかすると、彼女ならば――大人として、信頼できるかもしれない。

一通り『めんとりさま』のことを話し終えた後も、鈴浜さんは口許に手を当てて、何かを考え込んでいた。生シラス丼は既に片付いている。

「――つまり、きみの家に伝わる『めんとりさま』なる存在は、人間の備える思い出を〝食べる〟。少なくともきみの親族はそう信じている……そして、記憶を奪った『めんとりさま』は、思い出の持ち主の望む記憶を見せる」

おれは軽く頷いた。我ながら突拍子もない話だと思ったが、同時に今までの体験を総合するとどうしてもそのような論旨になってしまう。

鈴浜さんが冷静に話を聞いてくれることだけが救いだった。

「富士に来てから変なものばっかり見るんです」

「凄かったですよ、あれ。鴉がぶわーって」

姉弟揃って要領を得ない説明だったが、鈴浜さんは静かに聞いている。

「聞きたいんだけど、ご親族に脳出血や脳溢血《のういっけつ》などの症状が出た方はいるかな？」

「いえ。祖母も祖父も、至って健康そのものでしたし、母方の祖父母にもそういう人は居ません。そもそも頭が痛いとかそういう感じじゃなくて、何だかもっとここじゃないどこかに引きずり込まれる感覚を覚えました」

「とすると――虚血性心疾患でも、遺伝性の脳疾患でもない。飛蚊症《ひぶんしょう》による網膜剝離のような症状でもなさそうだしね」

鈴浜さんは肩を竦めた。

「専門じゃないから、下手に判断したくないな。健康上の被害ではなさそうだけど、念のために精密検査をしておこうか？　紹介状も書けるけど」

「あんたが居なくなったらご飯困っちゃうわね。ことわんなさいよ」

「ちょっと」

ねえさんの軽口におれは眉を顰める。

「冗談だよ。それよりも、もう少しいい方法があるだろうし」

「ビンゴ」

ねえさんは指を鳴らした。

「じっさい、全部『めんとりさま』調べないと始まらないよねえ。おばあちゃんの残した唯一の手がかりなわけだし、あの人はそれに拘《こだわ》ってた」

ねえさんはそう言って（何故か）おれの携帯端末を指さす。

『調べろ』という意味なのだろう。おれは仕方なく端末をタップし、そのまま鈴浜さんとねえさんに見えるようにテーブルの上へと置く。

画面には鶏白湯《とりパイタン》ラーメン専門店のＨＰや、面取り工法のページが出て来るだけで、それらしい検索結果は何も出てこない。

鈴浜さんが小さく眉根を寄せた。

実際、子供のころおれとねえさんも『めんとりさま』について何度か検索を試みたことはあった。だがその時も今と結果は変わらず、そのため小さかったおれたちは興味を失ってしまったのだ。しかし、今となっては「何もわからなかった」ではすまされない。既に祖母が失踪するという実害が出ている。本気で調べる必要があった。

「『めんとりさま』がおれの家に伝わっている口承なら、蔵に色々と資料が残されているかもしれませんし、そもそも郷土誌に名前を変えて記載されている可能性もあります。今は地誌のほとんどが国会図書館で閲覧できますが、富士市の郷土資料館にも資料はあるでしょうから、ねえさんと一緒にそちらをあたってみようと思います」

「……ありがとう。私の方も、地元の知り合いに聞いてみるけど」

鈴浜さんは怪訝《けげん》そうにねえさんの方を見た。

「文学部ですからねこの子。調べ物詳しいんです」

何故かねえさんが自慢げに胸を張る。

「ゼミでちょっと齧ってるだけですよ。それより」

一口水で喉を潤してから、おれはつづけた。

「鈴浜さんは良いんですか？　自分でも胡散臭《うさんくさ》い話だなと思うんですが」

「実を言うと、そう感じないわけでもないかな」鈴浜さんは苦笑した。

「だけども現状、おばあさまの手掛かりは『めんとりさま』しか残されていないわけでしょう。今回の件には担当医である私にも責任があるから。手伝わせて貰いたいんだよね。それに何より、前に言ったじゃない」

鈴浜さんは一口水で喉を湿らせてから、おれの方をみた。

「個人的にもきみを手伝いたいんだ……お祖母ちゃん子なんだ、私」

「それって」

「祖母は医者だったんだよ。あの病院も元々は祖母の持ち物でさ。今はもうなくなってしまったけど、彼女に憧れて私も医者を志したんだ。私たちの面倒を見るだけでも大変だろうに、院長の仕事まで難なくこなしてね」

それを聞いておれは納得した。鈴浜さんの祖母が医者というのは初耳だったが、院長という身分である鈴浜さん自身がどれだけ高く見積もっても三十代前半にしか見えないことから、家の誰かが医療関係者なのだろうと（勝手にではあるが）推測していたのだ。

「じゃあ、そんなすごいおばあさんの家業を継いだことになるんですね。重責を想像することも難しいけど、すごいな。おれにはとてもできない」

素直におれは感嘆するも、鈴浜さんは「そこまで、褒められるようなことでもないのかもしれないよ」と首を振って続ける。

「まあ、厭《いや》な話だけどさ。この歳《とし》で院長なんかになると、色々言われることも多くてね。先代の院長が死んだのを棚ボタで継いだ、ひよっ子の藪医者《やぶいしゃ》だとか、補助金貰って田舎で悠々自適のルーティンワークしてるとか――」

そこまで言って、鈴浜さんはばつが悪そうにうつむいた。

「だからさ、そんな風に言って貰えることはほとんどなかったから、正直少しだけ戸惑っているよ。地元の人は快く接してくれるけど、あくまで医者と患者の関係だからね」

「でも、鈴浜さんのやってることは地域医療でしょう。ここら辺は病院も少ないし、すごく、その、素人ですし、こういう言い方をするのはどうかと思うんですが、意義のあることなんじゃないですか。少なくともおれは、祖母を診てくれていたのが鈴浜さんで良かったと思っています」

おれがそう言うと、鈴浜さんは口許に手を当てて笑った。

「きみ、やっぱり良い子だね」

「そうですか？」

「うん。そういう飾らなさや実直さは美徳として誇るべきだよ。結局それは、必要な時自分を偽らずに、必要な行いができるってことなんだから」

彼女は水の入ったグラスをからんと傾けた。よく磨かれた硝子越しに午前の日差しが差し込み、眩《まばゆ》い光がテーブルの上に群舞していた。

「この後は、きっとおばあさまを捜しにいくんでしょう？　なら、私も付いて行くよ。どうせ乗り掛かった船だし連絡を取り合おう」

「えっ」

まさかそういう話の流れになるとは全く予想していなかった。おれは思わずねえさんを見たが、彼女は他人事みたいに肩を竦めるばかりだった。

「別にいーんじゃない。人手多い方が助かるし」

申し訳なさはあったが、ねえさんがそう言うなら断る理由も特にない。

「うーん。じゃあ、すみません。よろしくお願いします」

「任せておいてよ。これでも大人だ」

「大人、ですか」

嘘だ。おれの知っている中で、無辜《むこ》の大人など存在しない。

だからこれは、彼女の言葉を借りるならば、

「鈴浜さん、やっぱり良い人ですね」

きっとおれが、この人を信じたいということなのだろう。


結局その日は大した手掛かりは得られなかった。おれたちは後日、鈴浜さんと祖母を捜す約束をとりつけたのち、一度祖母の家に戻ることにした。

ちなみにねえさんはというと帰りのバスの中でちょっと不機嫌そうにしていたので、家の近くのコンビニでハーゲンダッツを買ってやったらころっと態度を変えた。我ながら肉親を物で釣ることに罪悪感が湧いて来たので、今後この手段は封印しようと思う。

とにかく、おれは炭酸で割った梅ジュースを飲みながら、ノートPCを立ち上げていた。

「何してんの？」

「ビラ作ってる」

ディスプレイには祖母の顔写真と、【捜しています】という文言が映し出されていた。

このたぐいのビラを作るのは諸事情あって慣れている。父も母もこういった作業にほとんど関わろうとしない以上、おれがやるしかない。

「警察の人も捜してくれてる。おれたちもやることやらなきゃさ」

「そっか。あたしにも何か手伝えることないかな？」

おれはぎょっとしてねえさんを見た。

「あんたねえ」

ねえさんはかるくおれの足の甲を踏んづける。結構力が強かった。

涼しげな顔立ちに呆れの色が差している。

「あたしにだって人の心くらいあるっての。ご飯作ろっか？」

「それ以外で」とりもなおさず、ねえさんの料理の腕前は冒瀆的《ぼうとくてき》だ。

「ええーっ。じゃあ何しろってのよ」

おれはちょっと考えて、

「ねえさんの好きにしていいよ」

「そ」

ねえさんは不服そうに――けれど、最初から何もかもを理解していたように、背中のまるみをおれに預けた。彼女の背骨の突起とおれの背骨のくぼみが嚙み合って、一つの部品のように癒着していた。茶の間には、鳩時計《はとどけい》の音が通奏低音のように響いている。

ねえさんもおれも口を噤んでいた。

溶け合う音たちは、おれとねえさんの嚙み合いに内包されている。

まるで部品だ。これ以上なく、その言葉がかっちりと嵌《は》まるのを感じた。

部品であることが二人にとっての自然だった。

おれたちは長いこと一緒にいすぎた。歪《ゆが》んで、癒合してしまっていた。

おれたちのあいだを流れる爛《ただ》れて赤熱した感情の起伏は、チョコレートのテンパリングのように官能を均《なら》され、粒揃った結晶体としてしごく滑らかに振る舞う。

ふと、あの煮えたぎるような闇も同質《おなじ》ではないかとおれは思った。

黒い鴉の目。虚《うつ》ろな祖母の目。

それら全てに塗りこめられた灼熱《しやくねつ》するような星空は、きっと同じ底流を遡っている。

おれはねえさんに背中を預けた。ねえさんの背中がわずかに跳ねた。

けれどもう、おれの背中はねえさんよりも大きい。

彼女のほそい掌はいつしかおれの手の裡《うち》に握り込まれている。

汗ばみもしない、冷たくやわらかな肌のさわり。

連日の猛暑はいつの間にか潮引き、もう蟬も鳴いていなかった。

翌日、おれたちは祖母の家に『戻って来たら連絡して欲しい』という旨の書置きを残した上で、富士市の中央図書館に足を運んでいた。

祖母の車を停めてドアを開けると、八月後半のぬるい暑気がなだれ込んでくる。

鈴浜さんとも話した通り、ほとんど情報が見当たらない『めんとりさま』について調べるには、結局のところ資料館や図書館のような施設に頼るしかないと判断したからだ。

図書館のつくりは中々瀟洒《しょうしゃ》なもので、円盤状の構造をとった一階部分が、円筒を斜め半分に切り落としたような二階部分を支えている。読み聞かせボランティアの募集や、児童向けの図書館利用ガイドの張り紙が貼られているロビーをくぐり、「郷土史」のコーナーに向かった。

もっとも正直なところ、図書館に行っただけですぐに正解を捉《つか》まえられるとは思っていない。調べ物をする際の基本は、雑多な情報を篩《ふるい》に掛け、少しずつ資料収集の確度を高めていくことだ。まず、富士市の伝承を扱っている本を片っ端から集め、二階の学習室を借りて『めんとりさま』に近しい記述はないかを探す。『めんとりさま』という音節がそのまま残っておらずとも、それらしい伝承が手掛かりになるかもしれない。

「あんた毎回こんなこと学部でやってるわけ？　よく飽きないわね」

「別に慣れれば普通だよ。ねえさんが勉強しなさすぎなだけだって」

「あたしは単位だけ取れればいいもん」

「でも、知識を身に付けといて損はないよ」

「やだ」ねえさんは唇を尖《とが》らした。

「どうして？」

「あたし天才だから。自分で勉強なんかしたら、あんたに教えて貰うことが減っちゃうもん」そう言ってねえさんはピースを無意味に突き出してくる。

危うく彼女の指が目に入りそうになって、本気で避けた。

大量の書籍を読み込み、やたらと富士市の民話に詳しくなるだけの時間がしばらく続いた。妙心《みょうしん》・法心《ほうしん》という二人の天狗《てんぐ》を祀った岩本山の『妙法天狗』なり、天正《てんしょう》の時代に巫女《みこ》が大蛇の贄《にえ》とされた『いけにえ渕《ふち》の毒蛇』なり——一向に見つからない手掛かりに痺《しび》れを切らしてねえさんが卒論やってるんじゃないのよこんなもんとアイスを買いに出て行ってしまったあとも、おれは資料を調べ続けていた。不思議なことに、長い時間こうして書物と相対していてもまったく苦にはならなかった。昔から、なぜだかやりたいことよりもやるべきことに向かっている方が自分の機能を効率的に発揮できたような気がする。結局のところおれは欠けた部品のようなものなのだろう。誰か背中を押してくれる人がいなければ、動きようがないのだ。

気付けば日はその明るさをひそめつつあり、ほとんど人影は残されていなかった。

「あんたまだ本読んでるわけ？　もう五時じゃん」

涼やかな声に振り向くと、ねえさんが顔をぐっと寄せてきていた。

「いや、ねえさんが帰って来るの待ってたんだよ。見てこれ」

おれは昭和末期ごろに書かれた富士市の広報誌を広げ、見出しを指さす。

「何これ？　『かりがね堤の人柱伝説』？」

「うん。ねえさんも知ってるはず」

資料によると、寛文《かんぶん》の時世——つまり今から三百五十年ほど前、この地域は度重なる富士川の氾濫に悩まされていた。三代をかけて築かれた雁堤も自然の前にはわずかな力しか持たず、そのため代官は神仏に縋るしかなかったのだ。そこで、代官は巡礼の夫婦を呼び止め、必死の思いで雨風を鎮めるための人柱になってくれと乞うた。そして驚くべきことに、夫婦のうち、夫はそれを了承し——巡礼の行程を終えたのち、人柱となるためにこの富士に帰り来たのだという、そうして夫は生きたまま雁堤の曲がり角に埋められた。人柱となる間際、彼はこう言い残した。

「この穴の中より鉦《かね》の音が聞こえる間は、私が生きているとお思い下さい」

そして実際に、彼を収めた棺《ひつぎ》からは——二十一日間鉦の音が鳴り続けていたのだそうだ。現存する雁堤のり面には、人柱を祀った護所神社が建てられており、毎年十月には人柱を弔う祭礼が行われる。

「げっ。ちょっと、この堤ってあたしたちが通った所でしょ」

「そうだよ。人柱の所まで本当かは判らないんだけどね」

「じゃあ、何でまたこんなの気になったの」ねえさんは怪訝そうに訊く。

「おばあちゃんがさ、言ってたでしょ。『おじいちゃんの記憶がない』って」

「ああ。『めんとりさま』に記憶を食べられたかも～、って話？」

「うん」おれは頷いた。

そうだ――祖母の談にも、この『かりがね堤の人柱』の伝承にも、似通った欠落がある。つまり、巡礼の夫婦が人柱になった動機だ。こういった救済話の類型にありがちな自己犠牲の精神と言ってしまえばそれまでだが、いくら今と昔とで価値観が異なっているにせよ、いきなり人柱になってくれと頼み込まれたのを快諾する夫と、そんな夫を迷いなく差し出せる妻という組み合わせには少し違和感があった。明晰だったはずの祖母が易々《やすやす》と『めんとりさま』という言葉を口にするときにも覚えた、疑いにも似た違和感だ――この二つの事例には共通する何かがある。不合理だと理解していても、その障壁を軽々と歪曲《わいきょく》し、身を投じさせるような何かだ。

それは例えば、信仰とも呼べるかもしれない。

「仮に『めんとりさま』の元となった伝承が存在すると仮定するなら」

資料を捲《めく》りながら、メモをつらつらと走らせていく。

「その伝承がどこから来たのかを調べれば、おばあちゃんを捜す手掛かりにもなる。場所と由来が解ればあとは芋づる式だ」

「じゃあ、もう調べなくてよくない？」

「ううん。まだ、もう一つ気になってることがある」

おれはさきほどとは別の地方広報誌を広げ、ねえさんの近くに持って行く。

「これだ」

指さしたコラム欄には、『実相寺《じつそうじ》の妙法天狗』という題名とともに、写真付きの小さな記事が掲載されていた。曰《いわ》く、このあたりには昔から天狗にまつわる伝承がいくつも残されているらしいが、この『妙法天狗』もそのうちの一つである。『妙法』という銘《な》はそれぞれ妙心・法心という兄弟天狗の頭文字に由来しており、彼らは奇妙なことに「足」と「手」をそれぞれ司《つかさど》っているのだという。そのため、岩本山の人々は妙法天狗に参拝することで手や足の快癒を願ったと伝えられている。つまり、「天狗」といっても、神通力《じんずうりき》で大風を吹かして哄笑《こうしょう》する「天狗」ではなく、単に守り神というニュアンスに近しいものだと考えることができる。

雨月物語《うげつものがたり》や山海経《せんがいきょう》もゼミでそこそこ読み込まされたが、火のないところに煙は立たないとはよく言ったもので、どろどろと空を掻き鳴らす遠雷、しぜんに起こる山火事、ひっそりと佇む陽炎《かげろう》――それらを知らない人々にとって、無知は恐怖だ。説明できない現象を合理化するために、人間の脳は恐怖や神格という普遍の記号を用いて翻訳するのかもしれない。

「でもこれは、煙を立たせている火が何なのか推測できない。手足を治すような天狗のモデルケースなんて全く思いつかない。そういう医者か誰かがいたなら、普通民話じゃなくて実名で話題になってる方が自然だ」

『かりがね堤』に加え、おれは新たに『実相寺の妙法天狗』の伝承をメモに書き連ねた。

「伝承は背景があって初めて土地に根付くものでしょ。でも、『実相寺の妙法天狗』の持つ〝火〟は、不確かだ。どこから煙が湧いたのか解らない」

「結局何が言いたいわけ？」

「これって何かと似てると思わない？　ねえさん」

ねえさんは押し黙るが、一方で何かに気付いたように眉をひそめている。

その様子を見届けておれは続けた。

「そう。はっきりとしたバックボーンが解らないという点で、『妙法天狗』は『めんとりさま』と共通していると見ることができる。だから――」

「ふうん。『妙法天狗』を調べて逆引きしようってことね」

ねえさんはつまらなそうにメモを指でなぞった。

「でも、だったらもっと先に調べる所があるんじゃないの？」

「え？」

「うちの蔵よ」

おれに細い指が突き上げられる。じぶんの喉が微かに上下するのを感じた。無論、そこに行くことを考えないわけではなかった。警察は祖母の痕跡はなかったと語っていたが、それでも『めんとりさま』を調べると決めた以上、あの蔵に足を踏み入れなければならないのは自明の理であるはずだ。

「そりゃ、あたしだって生首浮かんでたようなとこに行きたくないけどね」

ぬっとねえさんの顔が視線の先に割り込んでくる。

射竦《いすく》められ、唇が石のように固まっていた。やっとのことで、

「ねえさんのためだ」

乾いた言葉だけが口から零れる。

「ふうん」

墨で引いたような形の良い眉が上がった。

「ま、いいわ。そしたらも少し粘りましょ」

ねえさんはひらひら手を振って、階下に降りていく。

「あたし本探してくるから。何かあったらすっ飛んで来なさい」

そう言ってねえさんは階段の向こうに消えた。

彼女のすらりとした影を、おれは見送ることしかできない。

しばらく調べ物を続けていると、携帯に鈴浜さんからのメッセージが届いた。東京の国会図書館にもやはり『めんとりさま』に関わるそれらしい記述はなかったようで、詫《わ》びの文面が送られていた。こちらの方も、これ以上資料を調べても収穫はなさそうだ。

仕方なくおれも下の階に降りるが、ねえさんは見当たらない。

わずかな焦りが走る。彼女が祖母のように突然消えてしまったら？

違う。ねえさんがおれから離れるわけがない。

「ねえさん」

小さく名前を呼んで、一番近かった「世界の名作文学」コーナーと「こどもの絵本」コーナーの間の通路に足を踏み入れる。

そして、あまりにも呆気《あっけ》なくねえさんは見つかった。

彼女は絵本コーナーの奥で数冊の本を抱えたまま立っていた。

本棚の間に佇むねえさんは、当て処を失った聖者のようにも見える。

「帰ろう。ねえさんの言う通りだ。何とかして蔵を調べなきゃ」

ねえさんが見つかった安堵《あんど》のまま、おれは呼びかける。

だが彼女は答えないまま、虚空のある一点を見つめ続けている。

おれも釣られてねえさんが見つめる先の絵本に視線を移した。

カリカチュアされた赤顔の青虫が、虚ろな眼差しでこちらを見つめる。

「ごめんね。懐かしくなってさ、本見てたんだ」

ねえさんが棚を向いたまま囁《ささや》くように言った。声の切り口は鋭かった。

おれはねえさんが抱えている本に目線を戻す。『ドン・キホーテ』。『赤と黒』。

いずれもおれが昔好んで読んでいた児童書や書籍だ。

「何でまた今、そんなものを」

「思い出しちゃってさ。あのころに戻るにはどうしたらいいんだろうね」

「あのころ？」

「お父さんもお母さんも普通だった、昔のこと」

「今も、戻りたいの？」

「あんたがいるから別にいいの」

でも、とねえさんは呟いた。

「時々、懐かしくなる」

それを聞いて、おれはねえさんを抱き締めたくなった。

懐かしくなるのは、もう戻ることができないと知っているからだ。

「ひょっとしたらおばあちゃんは、その懐かしさに惹《ひ》かれちゃったのかも」

おれはねえさんの持っている本を受け取りながら呟いた。

——辛い思いでをうっちゃって、楽しい思いでさ作ってくれるのよ。

——だから、爺さんが帰って来てくれたのねえ。

「そこに本物の、人生を投げ捨てるだけの何かがあると信じた」

あの日の蔵。
浮かぶ生首。
誰かの葬式。
窪んだ暗闇。

芋虫に孔《あな》を穿たれた梅の実のように、思考が蚕食されている。
仮に、祖母の言うことがすべて本当で、
彼女が認知障害なんかじゃないとしたなら。
同時に、今までの『めんとりさま』に対して感じた違和にようやく思い当たる。
祖母は——『めんとりさま』に見せられたものを「素敵な思いで」と言っている。
そしてそのお陰で自殺した祖父に会えたのだ、とも。
なら、『めんとりさま』はどのような基準で記憶を見せているのだろうか。
沈黙だけが脳を浸している。
すべて推論に過ぎない。

証拠らしい証拠と言えば祖母が失踪したことくらいだ。

だのに、今のおれはその直感を否定することができなかった。

思考は脳に穿たれた穴を通り抜ける風となって、頭蓋に反響している。

「ねえさん」おれは思わず呼んだ。

「なによ。あんた今更怖気《おじけ》づいたの……いーのよ、厭なら逃げても」

ねえさんは唇を吊り上げて、おれの足を軽く踏んだ。

「違う。聞いてよ、ねえさんにしか頼めないんだ」強引に手を握る。

涼し気な顔の均衡が崩れ、鳩が豆鉄砲を喰《く》ったような表情が浮かんだ。

「万が一、おれに何かあったら、鈴浜さんにこれ届けて欲しい」

細い掌に、さきほどまでの調べものの成果が入ったUSBメモリを滑り込ませた。

「考えすぎだと思うけど、おばあちゃんのこともあるからさ。偶然で片付けるには、ちょっと余計なことに踏み込み過ぎたかもしれないし」

ねえさんの据わった目がおれを射竦めたが、おれはかまわず指先をぎゅうと握り込んだ。ねえさんはしなやかな躯体《くたい》をよじらせ、手指をわずかに逃そうとしたが、やがてその運命を予期していたかのようにくたりとおれの掌中に抱かれた。ぺたついた感触が灯《とも》り、仄かな汗を示している。

「ねえさんが一番信頼できる」

「——ああ、もう！」

ねえさんは心底悔しそうに手を振り払って、USBをポケットにしまった。

「お姉ちゃんがどうにかしてやるから、その景気のわるい顔やめなさい。いい、『めんとりさま』がただの言い伝えじゃなかったとしてもさ。あたしたちは上手くやって来たし、これからも上手く行く。そうでしょう？」

『はらぺこあおむし』を背負って腕組むねえさんは、何やらむかしの姉に戻ったかのようにも見えた。おれたちが今と変わらずべったりで、だからこそ将来も互いに分化することはないということにまだ気付いていなかったころのねえさん。思えば子供のころからいつも、怒ったねえさんに敵《かな》ったことはなかった。最後にはいつもおれが折れてしまうからだ。

おれが舟なら姉は潮風だった。

「わかったよ」と笑みが漏れた。

それがねえさんとおれの約束ならば——おれは、いつだってそうする。

図書館近くの〈しずてつ〉で買い物を終え、祖母の車で帰宅した。

厨房《ちゆうぼう》を拝借してそのまま夕食を拵える。昔ながらのガスコンロを点火すると、饐《す》えた玉ねぎみたいな都市ガスの香りが一瞬だけ立ち上った。

献立はナスとトマトのチーズ焼きだ。

杉のまな板で野菜をさっくりカットし、舌べろのようなナスの斜め薄切りが並んだら、今度は輪切りになったトマトを半分ほどみじんに切ってやり、野菜を整頓しつつ、オリーブオイルをフライパンにじゅっと垂らす。

油の池が泡立つのをみて、大蒜《にんにく》をひとかけ落としてやると、ぱち・ぱちん！ と大蒜の断面が焦げ、刺激的な香りがオイルに移り始める。

そこにざっと牛ひき肉とみじん切りの玉ねぎを落とし炒《いた》めて、玉ねぎがくたくたに熱されてきたところで、さきほどのみじんになったトマトを落として三分煮立てる。調味は醤油《しょうゆ》、塩、ソース、バジル、オレガノ、仕上げに祖母の秘蔵の赤ワインちょっと（ごめん）。そうしてひき肉と玉ねぎが、トマトの旨味が詰まったソースごとくつくつと香り高く煮えるのを見計らって——

「味見させてー」呑気《のんき》な声が後ろから。

「来ると思った。熱いから冷ましてね」

キッチンに飛んできたねえさんにスプーンを差し出す。

紅《あか》くて長いべろが蠢《うごめ》き、ソースをすばやく舐《な》めとった。

「んっ」目が見開かれ、「天才！ グランシェフ！ 専属料理人！」

ねえさんは親指を景気よく立てる。

「そりゃどうもね」

味見が済んだら、オイルを纏いながら琺瑯《ほうろう》のバットに並ぶナスとトマトへ、たっぷりミートソースを敷き入れた。「手伝ったげる。仕上げまかせて」特売のチーズ片手に、ねえさんの鼻息は荒い。

「お願い。その間スープ作ってるよ」おれがベーコンを切りつつ答えると、言うが早いか、ねえさんが一心不乱にチーズを千切り始めた。東京で暮らしている時も、よくおれの料理を手伝ってくれるのだ。きかん気で我儘《わがまま》な彼女だが、それでも軒を一つにしていられるのは、やはりふと見せる素朴な良心も大きいのだろう。

びっくりするほど平和な一時で、だからこそ——こんな長閑《のどか》な夏休みがどれほど続くかあまり考えたくはなかった。吹き零れそうなスープの火を絞って、ねえさんを見る。

ねえさんは心底楽しそうにバットへパセリを散らしていて、まるで、こんな莫迦みたいなヴァカンスが永遠に続くと思い込んでいるかのようだった。

「ねえさんはさ」

頭の中からふいに問いが零れた。

「じぶんが、明日死ぬかもって思ったことある……」

ねえさんはパセリの壜を持つ手を停めて、怪訝そうにこちらを見た。

いつものような茶化しは飛んでこず、代わりに彼女は肩を竦めて答える。

「死を想え《メメント・モリ》？　急に感傷的になるのね」

「だっておばあちゃんはさ。いきなり居なくなっちゃったじゃん」

キッチンタイマーがぴぴぴと鳴った。芽キャベツが茹《ゆ》で上《あ》がっている。湯面に振った粉チーズは融《と》け、黄色い花のようにスープを彩っていた。

「ねえさんがいつかおれの前から居なくなることも、あるのかなって」

「そ。あたしにいつまでも振り回されたいわけね」

ねえさんは背伸びして、棚上のオーブンにバットを突っ込んだ。

「今の話を聞いてよくそういう風に解釈できるね？」

「姉冥利に尽きること言ってくれるじゃない。いーのよ、ずっとあんたの傍にいても。それとも、あんたがあたしから離れてみる？」

「……そんなこと」

「できる」

かちり、とスープを沸かす火が止まった。

「あんたならできるわ。あたしの弟だもの」

ねえさんはこともなげにそう言って、正面からおれを抱きしめた。

つめたくすらりとした体が押し付けられ、脇腹に生白い二の腕がぴったりと寄り添っていた。身を引くことを許されないほど強い力。

薄荷と草いきれが混ざったような清冽《せいれつ》で奔放な香り。
何事かを秘めるように固く引き結ばれた唇。
呼吸に合わせて微かに上下する豊かな胸。
全ての官能を混ぜて飲み干せるほどの、
あまりにも長く濃密な抱擁だった。

むかし、祖母の家の近くの公園で花火をしていた時のことだ。

その年は父が肺炎に罹《かか》っており、母はその看病に付き切りだったため、おれたちは子供二人だけで祖母の家に赴いていた。親の目が無い外泊というのは、小学生にとってちょっとしたお祭りごとのようなもので、おれたちは互いにわかりやすいほど浮かれていた。

だがそれが不味《まず》かったのか、おれが持っていた線香花火の玉が、余所見《よそみ》をしている間にちょうどぽとりと足許に落ちて——そしてサンダルごと足の甲を貫いた。

足許から火柱が立ったのかと錯覚するほどの、肉が焦げて引きつる瞬間を今でも覚えている。熱さと痛みに泣き叫ぶおれに、優しかった（そう。昔はまだまともに話すことのできた）祖母は取り乱すばかりだった。

泣き叫びながら、明滅する思考でなぜ両親は助けてくれないのかと考え——そんなとき真っ先に動いたのがねえさんだった。彼女はすぐさまおれの足にバケツの水を引っ掛け、ぐずる弟を家までおぶって歩いてくれた。

額に玉のような汗を浮かべながら、なぜか彼女まで泣きそうな顔になって。

『痛いよ、ねえさん。痛い……』

『だいじょうぶ。あんたは死なない』

張りつめた表情で、おれを安心させるように何度もささやいていた。

『あんたはあたしの弟だもの。命だって、自由にさせてやらない』

当時のねえさんは、おれがあまりにも大げさに泣き叫ぶもので、足を怪我《けが》しただけでもおれが死んでしまうのではないかと思っていたらしい。

その時の傷は、いまでもおれの足の甲に残っていて、だからねえさんはおれの足をよく踏むのだと思う。


図書館で調べものをした日から、一週間ほどが経過した。

おれたちは『めんとりさま』のことを調べつつ祖母の捜索を手伝ったが、警察の捜査もむなしく、祖母の行方に繋がる有力な手掛かりが見つかることはなかった。捜査網は次第に狭められ、最初は頻繁だった警察署との連絡も、八月が終わるころには一日一度に減った。鈴浜さんも忙しい職務の合間を縫って捜索してくれているようだったが、特にこれといった成果は上げられてはいない。

もちろんそれに関してはおれたちも同様で、祖母の行方を尋ねるビラ配りもそろそろ止めようかと思っていた。両親からの連絡もない。鈴浜さんと駿河湾《するがわん》の方面まで足を伸ばした方が良いのかもしれない、と話し合っているところだ。

一方で、『めんとりさま』の調査の方はそれなりに進展がみられた。

蔵を調べるしかないというのは理解していたが——おれとねえさんは蔵の中に入ろうとするとどうしても身体が竦むので、『生首』の件も含めて正直に鈴浜さんに話すと、その日の内に彼女は鍵屋を手配して蔵のシリンダー錠を解除したあと、『私が見て来よう』とさっさと足を踏み入れてしまった。

仕方がないのでおれたちは悶々《もんもん》としながら蔵の前で待っていたが、ほどなくして鈴浜さんはけろりとした顔で戻ってきた。古びた紙束を抱えている。

『だ、大丈夫でした？』

『何が？』

『だから、生首とか……見ませんでした？』

恐る恐るおれが尋ねると、鈴浜さんは肩を竦めた。

『普通の蔵だったよ。きみたちが言うようなものは、何もなかった』

そう言って、鈴浜さんは持っていた書類をおれたちの前に下ろした。

この土地の権利書や、旧字体で書かれた日誌に家系図などが山積みになっている。もしもこれらの書物が家の建った当初から蔵に置かれていたのならば、百年以上の歳月を経て、初めてこうして人の目に触れたことになる。鈴浜さんに資料の写しを送った後、こちらでも解読を進めることにした。

日誌は数冊程度で、この家の歴史に比べればひどく些細《ささい》な量に思える。

筆者の名は雨鳥吾郎。つまりうちの先祖だ。

祖母の談で、『雨鳥』がおれたち家族の旧姓だということは知っていた。なぜ姓が変わったのかというと、ちょうど吾郎の代——つまり明治の後期——国を挙げて行われた製紙改革に、地元の商家であった吾郎が目を付けたからだ。一人っ子であり、既に家を継いでいた吾郎は街をあげて富士の伏流水や豊富な森林、集荷・配送にすぐれた立地を喧伝《けんでん》することで製紙工場の誘致に成功し、その土地の利権に食い込むことで、一代で財を成したのだという。そして、紙工場を誘致する際に、紙に『雨』は縁起が悪いだろうということでわざわざ今の家名（つまりおれたちの苗字《みょうじ》）に改名したそうだ。

吾郎の筆跡は商人らしく几帳面《きちょうめん》ながらもどこか無愛想な書体だった。旧字を解読してみたところ、日記には明治後期〜昭和初期の吾郎の随想が記されているようだった。

あるいは、吾郎の家名が変わっていることすらも、『めんとりさま』と関係があるのだろうか。一度疑い始めてしまうと、疑念は墨を落としたように脳髄に広がっていく。

何か少しでも前に進んでいるという実感が欲しかった——手袋をして、褪色した和紙をつまむように捲ってみる。文字がぱらぱらと現れては消える。冬眠に入る蟲《むし》のようにからだを屈曲させたもの、領有権を主張するようにこっそりと「はらい」をひけらかすもの、筆に力が入ったのか、過剰に角が隆起したもの——形を変え揺れ動く書字の波を、手許の旧字体辞書を参照しながら少しずつ読み下していく。

明治後期以降の文章は、日本帝国の教育方針の変更により、漢文のように返って読む転倒語がほとんど確認できない。そのため私人の日記などでは、かの高名な二葉《ふたば》亭四《ていし》迷《めい》の『浮雲《うきぐも》』にみられるような読みやすい言文一致体が用いられることが多い。よって処理しなければならない要素は、使用されている文字と単語、文意の特定にのみ振り分けられるため、近代以前の文章と比べればずっと解読は容易だった。

昨今の入試では脚光を浴びない古文だが、役に立つこともあるものだ。

ゼミでのしごきと塾講師のアルバイトに感謝しつつ、初めのページに目を通す。

八月拾三日　晴天
[redacted]製紙殿より賜りし書状を以《もっ》て記誌と為《な》す。

岩本山の台地は富士の卓つくゑに似、折々餐食《さんしょく》の趣あり。
青嵐《せいらん》の響きが吹《ふ》き遂《おお》せる折に、吾《われ》が腹の裡の蟠りは疼《うず》くと言へり。
かもの勧めで、脚気《かっけ》の防止にとり鱈子《たらこ》の握り飯を二ケ食す。美味也《なり》。
御参事仕《つかまつ》った後、床に就きぬ。

八月拾七日　雨天
かもより、日誌の日付を飛ばしたこと叱《いさか》はれる。
今朝よりしとど小雨《こさめ》が降り注ぎ、心持ちは稀《まれ》なり。
常通り御参事仕った後、医師に罹る。容態は順好。
夜半、かもと語らへり。仲直りし床に就きぬ。

八月拾九日　晴天
かもと末の子、ちぬと共に、お手玉御弾《おはじき》ナド万代《よろず》の子供遊びをしけり。
まるで十の子女と同じよふに喜びぬ。
ちぬつぶさにかもに昔遊びを強請《ねだ》りかもも切に答へけり。
再応のほどかもと共に契り床に就きぬ。

八月二拾三日　晴天　日輪に傘あり
村井《むらい》弦斎《げんさい》の食道楽なる書を以て、かもが犢《こうし》を一頭屠《つぶ》し、カツレツを作りぬ。
薯《いも》を裏漉《うらご》し火に能《よ》く掛け廻《まわ》し煮たるマッシポテトといふ附合《つけあわせ》も美味なり。
午後、[redacted]の子爵が大層な馬車と共に罷《まか》り越《こ》さん。
かもは上流人士を邸《やしき》に招きしこと初めてなれば、事々子爵の世話を焼けり。
子爵と共に御参事仕った後、床に就きぬ。

「ふざけんなよ。ほとんど飯のことしか書いてねえじゃん」

あまりに無益な日記だったので、おれはペンを放り投げた。

読み進めていくと解ることだが、雨鳥吾郎は四角四面な書字の印象に似合わず筆不精だったようで、日記の日付が飛び飛びになっていた。九月以降の日記に至ってはほとんど書かれていない。八月十七日の日記にも、『かも』という女性に日記をサボって叱られたという旨のことが書いてある。現代語訳をパソコンに打ち込んでいると例によってねえさんが声をかけてきた。

「このかもって人、誰なのかしらね。しょっちゅう名前が出て来るけど」

ねえさんがそう言って、蔵にあった家系図をくるくると開いた。

「かもさんの名前、こん中にはある？」

「……いや」

吾郎の代を中心に、家系図をいくら確かめてみても、「かも」の名前は見つからなかった。そもそも記述自体が中途半端で、吾郎より先の代は損傷が激しく判読が困難だ。

「見つかんないわね。幻覚でも見てるんじゃないの」

「そうとは限らない。かもは吾郎の内縁の妻かもしれない。少なくとも子供という線はないと思う——当時じゃ珍しい子牛のカツレツの作り方を知ってて、しかもそれを製紙工場の子爵に振る舞ったりしてるみたいだし。子爵の方の日記でもあれば裏付けが取れるんだけど、流石に難しいよな」

「なんだかビフカツとか食べたくなってきたわね。あんた作れないの？」

「この書き方だと」

おれはねえさんの妄言を無視して、「屠し」の部分を指さした。

「地元の牧場から丸々一頭買ったのを肉にしてるでしょ。吾郎の家は資産家だったわけだから、そのくらいはわけないと思う」

「ふうん。結局作れるの、作れないの、どっち」

「ねえさんが牛一頭買えるくらい稼いでくれれば作れるよ」

「ええーい、相変わらず冗談の通じないやつね。他に気になった所ないの」

ずい、とねえさんが肩を寄せて来る。

脳に水晶の薄片を差し込まれるような、乱反射する薄荷の香り。

相変わらずの野放図さに、咳払《せきばら》いしながらおれはつづけた。

「『御参事』ってのが気になる。どこに行ってるんだろう？　これは……」

「確かにそうね。お百度参りとかじゃなくても、どこそこの神社に行った、くらい書いといても良さそうなものだし。じゃあさ。この近くにお寺とかないわけ」

「そんな、そう都合よく」

そう言いかけたとき、思考の隅にある語句が引っかかった。

「——お寺ならある」

「あ！　図書館で調べた天狗のところ」

ねえさんがぱんと手を鳴らすのを見て、おれも頷く。

『妙法天狗』——岩本山の付近に位置する実相寺に祀られた二対の天狗。

図書館で知った時から、いずれ調べる予定だった伝承だ。

だが、考えてもみれば、病気の治癒祈念にお参りするなら家から近い所の方が良いだろう。日記の記述を見る限りまだまだ脚気が流行《はや》っていたようだから、知り合いの快癒や自身の予防を願って実相寺に足を運んでいたのだとすれば、毎日の「御参事」にも納得がいく。おれは実相寺の番号を調べ、通話アプリを開いた。

結局おれたちは、その日の内に実相寺に赴くことができた。

七福神の彫刻を横目に見つつ、隣接された岩本山公園の辺りと石段の辺りを往復《うろうろ》していたところ、電話を受けたという住職の男性に出迎えられ、そのまま社屋に通される。

「東京の方ですね。それとも、若い方なのかな。昔ながらの地元の人はふつう、実相寺のこと、如意《にょい》さんって言うもんですから」

男性は禿頭《とくとう》を擦り上げながら鷹揚に笑いかけてくる。

おれは首肯し、電話の通りに、夏休みをつかって富士市に帰省してきたことと、雨鳥吾郎が実相寺に赴いていたのか確かめたいということを改めて伝える。無論『めんとりさま』のことや、おれが雨鳥吾郎の子孫であることは伏せていた。あくまで大学のレポートに必要だという部分だけを話してある。

「……雨鳥さんなら、名のある商家ですからね。この寺のもんは大体知っとりますよ。ちっと事務所探して来るんで、お堂でお待ちください」

おれたちは住職の勧めに応じ、静謐《せいひつ》な本堂に通された。

暇つぶしに携帯の画面を開く気にもなれず、構内に染み入るようなひぐらしの声を聴きながらぼうっともせずねえさんと共に座禅を組んでいると、

「お待たせしました。寄進帳持つのに手間取っちったもんで」

紙束を抱えた住職がこちらに腰を下ろした。分厚い手で、ばっと大判の和紙を広げる。おれとねえさんは揃って紙に目を通した。

「そんだら、ここ」節くれだった指が、古ぼけた紙の上部分を指す。

そこには『雨鳥吾郎』『雨鳥かも』の名前が連なって書かれていた。

「雨鳥さんは商家の人だったらしくてねえ。ほら、駅前の製紙工場も、あれ、この人が誘致したって話ですよ」

祖母に聞いた通りの話だった。日記の内容とも一致している。

「じゃあ、このかもって人は――」

「何でもお姉さんらしいですよ」

「えっ？」

会話の底を踏み抜いたように、ものすごく間抜けな声が出た。

「だから、かもさんは吾郎さんのお姉さんだったらしいですね。芳名録に書いてあったんですよねえ。近所でも夫婦みたいに仲の良い姉弟って評判だったみたいですよ。寄進の時に貰える瓦版も二人で持って帰ってたみたいで」

夫婦みたいに。

「そう——だったんですね」

それを聞いた瞬間、声の音調が低くなっていくのが自分でも解った。

住職はそれを興味の表れだと解釈したのか、でもね、と声を一段潜める。

「仲が良すぎるのも考えものでね。お互いがお互いべったりだったもんだから——吾郎さん結局、妻を召されなかったそうですよ。おしまいには、かもさんと駆け落ちして東京に逃げたとか何とかで。地元の名士の名折れだし、気持ちいい話でもないんで、あたしもあんまり他所の人には話さないようにしてるんですけど。お兄さんたち地元が静岡ってことだから」

「まあ、そうですけど」おれがあいまいな答えを返すと、

「……今は東京の人ですよ」

さきほどから黙っていたねえさんが助け船を出すように呟く。

「そうかい。お兄さん、ご実家と色々あるんだね」

ばつが悪そうに視線が逸《そ》れるのがわかった。

「雨鳥さんに折角興味を持ってくれたなら、矢張り知って貰わなきゃと思いましてね。続き、話してもいいですかい」

おれが頷いて先を促すと、わずかに憐《あわ》れむような表情で、住職は伽藍《がらん》の本尊を指さした。

「いつごろかはわからないんですけど、吾郎さんは東京に行った後、かもさんを結核で亡くしてるんですよ。かもさん肺を病んで、どんどんどん痩せ細って、おしまいには得意の料理も作れなくなったみたいで。東京の治療所に行く前に、胸の方はもう治らないから、せめて足だけでも、せめて手だけでもって、吾郎さん泣きながら毎日こちらの境内に通ってたそうですよ」

「じゃあ、駆け落ちしたってのは」

「肺病みのかもさんを家に置いとけなくなったんでしょうねえ。結核なんて当時の死病じゃあないですか。その上妻も取らないもんだから、肩身も狭かったでしょうし」

それを聞いて、おれは思わずねえさんの方を見た。

案の定、表情を歪ませている――これ以上彼女をここに置いていてはいけない。

「お話ありがとうございました。とても参考になりました」

おれは住職に頭を下げ、ねえさんの手を引いて足早に本堂から出る。

そうしておれたちは寺の石段に座り込み、ぼんやりと景色を眺めていた。

山あいの実相寺からは富士川が望めるが、雄大な自然も今は慰めにならない。

さきほど吾郎の話を聞いた時から、ずっと軽い眩暈《めまい》がしていた。

そしてそれと裏腹に、思考だけが頭の中で白熱している。

あの家――富士が望める邸宅から、雨鳥吾郎は肺を患った姉ともども排擲《はいてき》された。そして彼の業績だけが、後世に残された。

いま思い返せば、寺に寄進するほどの信心を持っていたにしては、寄進に関する痕跡が家に全く残っていないのも不自然な点だった。

家名が変わっていたことや、吾郎の先の代が家系図から消えていることも恐らくそれで説明がつく。つまり、『雨鳥』の名前は吾郎が変えたのではなく、家系図から消されたということだ。瓦版も、恐らくは放逐された時に家から持って行ったのかもしれない。

祖母の家にはそれらしき物品は見当たらなかったからだ。

だが、先の住職の話を勘案すると、腑《ふ》に落ちない点が幾つか浮上する。

まずは祖母の言動と、この家の体制が矛盾していること。

昔の『雨鳥』の家が吾郎及びかもの痕跡を消そうとしているのに対して、祖母はおれたちに雨鳥吾郎の名を伝えていた。家系図から消えているのも、かもの名前だけだ。

次に、おれたちがそもそも誰の子孫であるのかということだ。吾郎はただひとりの長子であり、彼が家を出奔したのならば、まともに考えれば家は断絶扱いになるだろう。だが実際におれたちは岩本山の本家に存在しているし、祖母も雨鳥吾郎がおれたちの先祖なのだという。

この二つの矛盾を、一度に解決できる仮説がないわけでもない。

つまりそれは——おれたちが祖母の言う通り、吾郎とかもの子孫だという説。そうなると、厳密な定義とは違うだろうが、おれたちは吾郎が元々属していた家系の『分家』のように扱われると考えられる。

長女と長子によって出来た、家を継げない子供。何とも皮肉だ。

しかし、この二つの矛盾を解決したとしても、拭えない疑問がある。

なぜ『分家』の人間が、『本家』である岩本山の邸宅にいるのかということだ。祖母が雨鳥吾郎の子孫だとすると、そこで再び辻褄《つじつま》が合わなくなる。

蔵には吾郎が出奔したのちの『本家』に関わる資料はなかった。

徹底的に探せばひょっとすると見つかるかもしれないが、仮に今の岩本山の自宅が『本家』のものだとすると、吾郎の資料を見つけやすい場所に置いておいて、『本家』の資料を見つけにくい場所に仕舞っておく意味が解らない。

自分たちの素性についてはある程度推論を重ねることができたが、肝心の『吾郎は何を考えていたのか』という所に関してはまったくの堂々巡りだった。重要なことを見落としている気がする——欠けた歯車を抱えたまま、機械を動かしているみたいだった。

おれは完結しそうにない思考を打ち切って立ち上がる。

「ねえさん」

「なあに」

「どうしておばあちゃんは、岩本山の家に居るんだろう」

「そうね。ほんとなら、あの人がこっちにいるはずないし」

でも、とねえさんは続ける。

「あたしは。あんたにどういう風に教えてたっけ？」

「わかってるよ。人を頼れって言うんでしょ」

何とか状況を打開できないかを考えてみる。そう、元々商家だった雨鳥の『本家』筋ならば、地元の人が知っているはずだ。むかしから富士に住む人間——例えば鈴浜さんらから新たな情報を得ることはできないだろうか。

『めんとりさま』自体を見付けることはできなかったが、鈴浜さんも交えて雨鳥吾郎が出奔した時以降の雨取家の血筋を追跡してみれば、何か新しいことが解るかもしれない。

「何とかできるのかも。連絡してみる」

おれが頭を押さえながら呟くと、ねえさんは自慢げに目を細めた。

「やっと、ほかの人を普通に頼れるようになったのね」

「ねえさんがそうしろって言ってくれるからだよ」

どうにもならない現実を確かめるように、石段を一つずつ降りていく。

両親は——全ての気力を喪失したように見える父と、おれたちの方を向いて笑うことのない母は、雨鳥の家の事情を知っていたのだろうか。

『めんとりさま』という存在がなぜ雨鳥の家に生まれ、何のために伝わっているのか、未《いま》だにおれは理解できていない。だのに、雪玉のようにことの規模だけがみるみる肥大化していくのを感じている。果たして鈴浜さんを巻き込むことが正しいのか、確信が持てなくなってきていた。

だが、そんなおれの考えを見透かしたように、ねえさんはぽつりと呟く。

「またつまんないこと考えてるんでしょ」

おれはじろりとねえさんを睨《にら》んだが、反論はできない。

確かに彼女に言わせれば、これは『つまらない』、ことだろう。

「前はあんなに鈴浜さんのこと信頼できるかもとか言ってたのに？」

「だからだよ。良い人だから、巻き込みたくなかったんだ」

「ばあか」

こつん、とねえさんはおれを背中から小突いた。本当に危ない。

「ちょっと、何するのさ」

「何かあったらあたしがセキニンとったげるわよ」

「えっ？」

「だから、弟を庇《かば》うのはお姉ちゃんの役目でしょ」

自信満々に胸を張るねえさんを見ると、何だか心配するのが馬鹿らしくなってきた。

もしも万が一鈴浜さんやねえさんに危害が及ぶようなことがあれば、おれが身代わりになればいい。たった一つの冴えたやり方というやつだ。

「……」

「帰ろっか」

おれはねえさんに手を伸ばした。

「今日はビフカツね」

ねえさんはくすりと肩を竦め、舞踏会にでも赴くようにそっと手を渡す。

翌日は朝食（タンドリーチキンの残りを使ったハンバーガー）もそこそこに、おれは朝早い時間から携帯で鈴浜さんに連絡を取った。

『雨鳥？ そこの家のことを調べれば良いんだね？』

『はい、お願いします』

『けれど、きみのご先祖さんでしょう。そちらが調べるのが一番手っ取り早いんじゃないのかな？ 私がやった方が早いなら、そうするけれども』

『いえ、それなんですけど――』

鈴浜さんの疑問は当然だ。

そのため、今までの調査の経過をかいつまんで話すことにした。

雨鳥には恐らく、出奔した吾郎とかもから派生する『分家』があること。

祖母も恐らく『分家』の人間であること。

そしておれたちが『分家』の人間ならば、これ以上『本家』のことについて地元で調べるにしても、そもそも情報が足りないということ。

祖母の家にある『本家』の痕跡は消されている。より深く『めんとりさま』のことを調べるなら、地元の人間の協力は不可欠だった。

事のあらましを説明し終えると、呆れた調子の声が返ってきた。

『何だか大変なことになってるね。私は確かに頼って下さいとは言ったけど、怪しい事件に巻き込まれるのは普通に心配なんだよね』

『すみません。でも、おれがやらなきゃ……』

おれがそう零すと、ふいに沈黙が落ちた。鈴浜さんが黙ったのだ。

何か気に障ることを言ったかと聞こうとしたタイミングで、

『解ったよ、そっちは調べとく』

おもむろに答えが返って来たので、おれは胸を撫で下ろした。

『どうせ貴方《あなた》、もう少し富士に居るでしょう』

『はい。おばあちゃんも捜さないとですし』

鈴浜さんの盛大な溜息が聞こえた。少し萎縮してしまうが、予想に反して次に返ってきた彼女の言葉は柔らかい響きに満ちていた。

『今度さ。お姉さんと三人で、少し、お茶でもしようか』

『えっ？』

『決まりね』

一方的な誘いに応えあぐねている間に、電話が切れる。

採光の豊かな硝子窓から昼下がりの陽が差し込んでいる。

九月も近いというのに、肌を焼くような暑さが空全体を包んでいた。

鈴浜さんと会うにあたっては、岩本山近くのカフェを指定された。

汗を拭ってエアコンの効いた店内に入ると、こちらに小さく手を振る鈴浜さんの姿が見える。鈴浜さんの座る席には、やわらかい月色に焼き上げられたパンケーキが、たっぷりと角の立つ生クリームを纏っていた。

「こちらの方にも、同じものを」

鈴浜さんは店員にそう注文したのち、ソファ席の荷物を空けてくれる。

今日の彼女はサージカルクロスやジーンズとポロシャツといった実用的な格好ではなかった。襟ぐりの大きく開いたノースリーブの白いブラウスに、鮮やかなオレンジのガウチョパンツを穿《は》き、足許は黒革のハイヒールサンダルで抑えている。髪はコンパクトなシニョンに纏められ、耳許で揺れる金細工のピアスが眩しかった。

おれたちも、鈴浜さんの向かいに座ってコーヒーを頼む。

「昨日ぶりだね。ちょっと痩せたかな?」

「ありがとうございます。そうですね、かなり色々あって」

「若いんだから、ちゃんと食べなきゃ。そうだ、今度私がご飯を作ろうか。おばあさまのことも大変だろうし」

「えーっ、良いんですか! 食べたい食べたい!」

ねえさんが身を乗り出すと、鈴浜さんは噴き出した。

「そんな顔しない。粗末な食生活で体壊す子、研修医にもけっこう多いんだよ」

「飯の心配するために、おれたちのこと呼んだんですか?」

「それもあるけどね。でも本命は『めんとりさま』のこと」

鈴浜さんはコーヒーの湯気で曇る眼鏡の位置を直した。

「残りの日記も全て読んでから、もう一度蔵を浚《さら》うのはどうだろう? 怖くて蔵の中に入れないなら、私が何回でも行ってあげよう」

「蔵を？」とねえさん。

「前に、祖母が医者だったということは話したでしょう」

おれは首肯する。確かに、彼女の口から直接聞いた覚えがあった。彼女もそんな祖母に憧れ、同じく医療の道を志したのだと。

「そのこととうちの蔵と、何か関係が？」

「あれから私も、祖母が何か資料を残していないか、実家の倉庫を探してみたんだよね。ちょうど今日、見つかったものを渡そうと思っていて」

そう言って彼女は鞄《かばん》からビニールに包まれた冊子を取り出し、開いた。

茶革の手帳だ。綴《と》じ糸はほつれ、皮の色つやも褪せているが、中の紙は比較的良好な保存状態のようにみえる。

「日記でふか？　これ」

ねえさんがパンケーキを口に入れたまま訊いた。

行儀が悪いのでおれは彼女の口許をナプキンで隠す。

「きみたちと一緒に読もうかと思って、まだ私も目は通していないんだけどね。手掛かりにはなるだろうなってさ」

苦笑しながらも、鈴浜さんの白い指が滑るように日記を開いた。

「うちのクリニックは、コミュニティバスの『こうめ』が配車される以前は、往診も積極的に行っていたんだ。祖母はその記録を付けていたみたいで——恐らく、富士の岩本山ちかくの病人なら、鈴浜医院が診ていたはず。だから、ここに何か手掛かりになるようなことが書いていればいいんだけど」

「筆まめな方だったんですね」おれは素朴に感嘆した。

「祖母の親戚が、医業たる者記録を採れってさ。厳しく躾《しつ》けたみたいで」

鈴浜さんはわずかに口許を綻ばせつつ、ゆっくりと頁《ページ》を捲っていく。

手帳には蟻《あり》の行列みたいな字で患者の氏名や往診日、在住地域がぎっちりと書き込まれている。一九五九年、一九六〇年、一九六一年……日記の年代を進めていったところで、鈴浜さんの手が止まる。

「一九六二年……」

彼女の指が示す、その一行を見る。

一九六二年、岩本山三丁目への往診の記録。横に、その患者名。

いまのおれの姓の右に、「吾郎」の名前がくっついていた。

「——これは」

おれは思わず鈴浜さんの方を向いて、

そして彼女の目が、

ぞっとするほどに底冷えしているのを見た。

鋼の光のような、剣呑な鋭さがなみなみと湛えられている。

「……鈴浜さん？」ねえさんが鼻白んだように尋ねた。

おれが我に返るのと鈴浜さんが視線を戻したのは、ほとんど同時だったように思う。

「私の祖母は……雨鳥吾郎と接点があったことになる。なら、クリニックにまだカルテが残っているはず。私の診察室に行こう」

鈴浜さんは有無を言わせぬ口調で、代金をカウンターに乗せて駐車場の方へ歩いて行く。おれたちも慌てて、車へと向かった彼女を追い駆ける。

ねえさんは明らかに困惑していた。

さきほどまで談笑していたのにも拘《かか》わらず、今の鈴浜さんは何かに追い立てられるように苛々《いらいら》しており、明らかに様子がおかしくなったからだ。

車は岩本山を下り、桙の方まで急激にスピードを上げていく。

「いくらなんでもいきなりじゃないですか」

やっとのことで、ねえさんが抗議の声を上げた。

「急に店を出たのは謝る。ただ」

鈴浜さんは表情を固くしたままアクセルを吹かした。

「祖母がきみたちの件に昔から関わっているなら、まったく話は違う。私は医者としてではなく、一人の大人としてこの事件を何とかする責任がある」

大人としての責任。やけに深刻な言葉だった。

だけど、おれの周囲にそんな言葉を使う大人は居なかったから、鈴浜さんにそう言われると何も言えなくなる。車窓を見つめるねえさんの表情も、どこか不安げだった。

押し黙ったおれたちに、鈴浜さんは少しだけ声を和らげる。

「そうあれこれ考えなくても良いよ。誰にもどうすることもできないんだ」

「いきなり、何を……」

眉を顰めたまま、彼女はかたい口調で零した。

「これだけは言える。この先どんなことがあっても、きみは悪くない」

『すずはまクリニック』は岩本山のカフェから車で四十分足らずの距離だった。鈴浜さんは休診日らしき無人の病棟の裏口を開け、おれたちを招き入れる。手際よく診療室のPCを立ち上げ、コンソールを操作していた。

「旧《ふる》いカルテも取ってあるんだ。学会の貴重な資料にもなったりするからね。もう五十年以上前の記録だし、家族の方の同意もあるから。特例だよ」

鈴浜さんは家族の方、という部分にアクセントを置きながら、紙コップに備え付けのウォーターサーバーで水を注ぐ。

「暑いよね。熱中症にでもなられたら困る」

「ありがとうございます。助かります」

鈴浜さんから水を受け取り、一気に飲み干す。

休診中だったからか、エアコンはまだ立ち上がっておらず、診療室の中はじっとりとした暑さに濡《ぬ》れていた。おれは汗を拭いながら画面を覗く。

ほどなくして、デスクトップのモニターに茶褐色に変色した吾郎の診療録が表示された。スキャナで紙をPDFファイルに変換しているのだろう。

「重篤な痛風あり。食欲は通常通り。BT36・7℃、HR70、BP120／75……」

一通り専門用語を読み上げてから、彼女はおれたちの方を向いた。

「ここは昔、鈴浜クリニックじゃなくて、鈴浜医院って呼ばれてたんだけれど——その医院に来る前から、吾郎さんは痛風に悩まされていたみたい」

「痛風？」

「あの、ビールとか魚卵とか食べすぎるとなっちゃうヤツ？」

「そう。プリン体《たい》の過剰摂取を原因とした生活習慣病の一種で、気を付けなければならない病気であることには変わりないけれど、本来死ぬようなものじゃない。事情が変わったのはそれから三か月後のこと」

画面に映る吾郎のカルテのページがぺら、ぺらり、と移り変わっていく。

次第に赤い文字が所々に書き込まれるようになり、字体もそれに伴って興奮したような崩れ方を見せている。

「吾郎の病状は急激に悪化していった。痛風結節が慢性腎臓病へと変わったと思えば、翌週には腎不全へと変化し、最後は虚血性心疾患によって死に至った。祖母は手を尽くしたそうだけど、病状の亢進《こうしん》は止められなかった。まるで呪われているみたいに――」

そこで鈴浜さんは一旦言葉を切って、おれたちに話が染み込むのを待った。

診療室に沈黙が降りた。

窓から見える空はいつしか曇り、遠雷がどろどろと響き始めている。

鈴浜さんの面立ちには影が降りていた。

「病理学は専門ではないけれど、基本的なことは勉強したから言える。こんな出鱈目な症状は、本人がどれほど不摂生な生活をしていようとも、構造上あり得ない。変死と言っても差し支えない」

ねえさんは押し黙って、考え事をするように口許を手で覆っていた。

おれとねえさんをちらりと見やって、鈴浜さんは続ける。

「現実的に考えれば、彼に近しい人間が、故意に病状を悪化させた可能性が高い」

故意に病状を悪化させた可能性。それは、つまり――

「病気に見せかけて、吾郎が死ぬように仕向けたってことですか?」

鈴浜さんは固い面持ちでうなずいた。

「さっきは、『彼に近しい人間』と言ってしまったけど。当時はインターネットも無かったわけだから、そんな時代に普通の人間が医療知識を身に付けることは難しい。きみの家には、特段遺産の話もないんでしょう？　だったら、家族が遺産目当てに吾郎をゆっくりと衰弱死させて、というのも考えにくいし。そんなことがあれば、私の祖母が気付いていたはずだ。逆説的に、吾郎に干渉できたのは彼女の他に考えられない」

　そこまで言い切って、しばし沈黙する。眼鏡の奥の目が、二度三度しばたたいた。

　おれは彼女から視線を逸らしてぼそぼそと呟く。

「そんなのは、わからないじゃないですか。可能性の話だ」

「優しいね、ありがとう。でも良いんだ」

　鈴浜さんの唇の端が、皮肉げに吊り上げられる。

　姉がわずかに眉をひそめた。だが、鈴浜さんは構わず続ける。

「祖母がどうしてそんなことをしたのかは、もう解っているから」

「どういう意味です？」やけに喉が渇く。もう一杯、ウォーターサーバーから水を飲む。

　エアコンは効いているはずだったが、冷や汗が止まらない。

　右手がわずかに震えているのを、抑えるように摑《つか》んだ。

　……喉が渇いているのに、寒い。

　頭がくらくらする。血管が収縮しているかんじがした。

脳軀に巣食う栓がほどけ、ぐわりと眩《くら》みが雪崩《なだ》れ込《こ》んでくる。

「鈴浜、さん？」

「顔色が悪いね」

鈴浜さんは平坦《へいたん》な声で言った。

おれは顔を上げる。上げようとする。

首許が鉛のように重かった。

項垂《うなだ》れて、そのままずるずると身体が椅子から滑り落ちていく。

「……うん。予定通りだ」

予定通り？　何の話をしている？

「急激な寒暖差は血管の収縮を発生させ、高血圧状態を引き起こす。狭い血管の中を勢いよく血液が流れれば、摂取した薬剤の回りも多少は早くなる。会話によって高度な思考を誘導していればなおさらだ」

頭に入って来る声に、意味が伴わない。

ずっと、他人のうわごとを聞いているような感覚があった。

椅子にもたれるように力を抜いていたから、その体勢のまま、ずるりと滑り落ちる。

咄嗟《とっさ》のことで、手が突けない。

床へ頭をしたたかにぶつけ、割れるような痛みが後頭部で燃えた。

ただでさえはっきりしなかった頭にさらに一撃を喰らって、視界がぐにゃりとよどみ始める。光と闇が波のように寄せては返している。

ねえさんがおれの名前を叫んだ。

「逃げろ」おれは振り向いて怒鳴る。

そのままおれも立ち上がろうとするが、昏倒《こんとう》し受け身も取れずに床に激突した。唇が切れたのか、血の味がする。

「行けって、莫迦」

ねえさんは逡巡していたが、最後におれの顔を見るとぱっと駆け出した。

鈴浜さんもねえさんが駆けて行った方を見る。

姉を追いかけようとした彼女の足首を、おれは必死で掴んだ。

「ねえさんに、なにか、したら、あなたを殺す」

「……そう。お姉さん、逃げたんだね」

彼女は関心のなさそうな声でそう呟いて、再びおれの方に視線を戻した。

「可哀想な子だね、きみは。薬まで盛られて」

「なに、が……」

「今回は無味無臭になっている十五年以前の出荷分を使うしかなかったから、薬効は定かではなかった。通常の処方の二倍で済んだのは運が良かったね。医者仲間に嘘をついて『わたし』宛の処方箋を書かせた甲斐があったよ。内輪なら、『自分に使う』って条件付きだと……違法な睡眠剤も、比較的容易に手に入るんだ」

鈴浜さんは何かに追い立てられているように饒舌だった。

十五年以前の出荷分。「無味無臭の分」という文言。

二十分足らずで成人男性を昏倒させる即効性と深い睡眠導入性。

「フルニトラ、ゼパム？」

睡眠・筋弛緩《きんしかん》作用を有する成分。だが、今はもう流通していないはずだ。

おれがうわごとのようにその名を呟くと、微かに息を呑む声が聞こえた。

「よく解ったね。普通は薬の名前で憶《おぼ》えていそうなものだけど」

「……」

その名前は知っていた。

むかし、よく使っていたから。

鈴浜さんは壁に掛かった富士の絵を見上げて座り込んでいた。

凜然《りんぜん》とした彼女の気配を請け負っていた弦が、まとめて断ち切られたようだった。

「いいかい。この先何が起ころうとも、きみは悪くない」

きみは悪くない。そうだ。おれの予想が正しいのなら、おれは悪くない。

ずっと考えないようにしていた。

鈴浜さんだけは、大人の中で、おれの味方だと思いこもうとしていた。

せめて、一人くらいはそうであって欲しかった。

あるいは彼女に、失われた両親の影すらも求めていたのかもしれない。

なぜ鈴浜さんが、祖母の捜査に協力的なのか。

なぜ『めんとりさま』についてあっさりと信じたのか。

なぜおれたちの目の前に、示し合わせたように何度も現れたのか。

「……そう、だ。すずはま、さんが。いや、鈴浜の家が……」

辛うじて口と脳は動いていた。ぼやけた視界で、

「『本家』なんだ……」

ずっと──頭の片隅で考えていた、その答えを出す。

否定の言葉は返ってこなかった。

ただ、蝉の死骸を弔うかのような、哀《かな》しい視線がおれに向けられている。

「きみは、本当に健気《けなげ》だった。自分のやらなきゃいけないことをやって、家族のために
そこまで必死になって……だから私は、きみを応援したかった。だって誰も味方をして
あげなければ、かわいそうじゃないか……」

鈴浜さんは診療室のベッドの下から台車を取り出している。

「全部が終わったら、償いにもならないだろうけれど、わたしは自ら命を絶つつもりだ。

だって、こんなことは、とても許されない……」

彼女は倒れ込むおれの腋《わき》の下から腕を組み、引きずるように台車に乗せた。

『なにがなんだかわからないが、泣かないでくれ』と言おうとしたが、既に唇を動かすことすらできないほど意識が朦朧《もうろう》としていることにおれは気付いた。

「難しいことはもう、私に任せてさ。ゆっくり休めばいいんだ。きみは」

そのまま車の停めてある裏口の方へ、ベビーカーを押すように運んでいく。

きい、きい。

錆《さ》びた車輪が回る音がきこえる。

どこに行くのか定かではなかったが、少なくとも状況がましになることはないだろう。

そういえば、ねえさんは無事に逃げおおせたのだろうか。残念なことに、彼女がおれを見捨てるわけがない。鈴浜さんのいる内に病院に戻ってこないことを願うばかりだった。

目の前の出来事を、現実感のあるものとして受け止められていない。

身体の感覚が遊離し、頭の中は透明な靄《もや》で攪拌されているようだ。

きい、きい。

鈴浜さんは、おれたちに嘘をついていた。

最初にこの病院に来たのが、ひどく昔のことのように思える。

きい、きい。

薄暗い診療所を車輪の音が闊歩《かっぽ》する。
頭は重油漬けの綿みたいに重かった。
脳髄に暗闇が滴り瞼が少しずつ落ちていく。
纏まりのある意識が保てずに感覚が融溶する。
目許から、粘ついて溶けた意識ごと流れ落ちるのがわかった。
その重さに目を閉じた。そして視界が黒に溶ける。
最後に瞼の裏に見えるのは、あの闇だった。
熱く、冷たく、超然たる輝きに満ちた、
煮えたぎる星空のような。

Crystallized Reality

——煮えたぎる星空のような。

それが、連続性を保ったおれの最後の思考だった。

夢を見ているらしい——上手く体が動かない。頭が割れるようだった。

電車に乗る時みたいなけじめのない揺れ。窓、風景。連想が波うつ。

きい、きい。脳が溶け、振動と共に揺乱される。

景色。海に落ちてゆく白い翼。

飛行機のエンジンから黒煙が噴き出している。

だが、触れることができるのは地面だけだ。

痩せこけた病人の肌のように乾き、砂粒が汗ばんだ手に纏わりつく。

きい、きい。
翼がへし折れ、真っ逆さまに墜落する。汐《しお》と血と鉄のにおいがした。
だというのに、今いるここはどこか黴臭《かびくさ》い。

どろろろと水に沈む音が、海面から遠去かっていく。
きい、きい。車輪の軋《きし》みが小さくなり、消えた。
広がる闇にはしんと音がない。どこまでも広がり希釈されるようだ。

景色から受け取る情報と、感覚から受け取る情報が重奏し、
自らの輪郭がハレイションする図像に襲われたところで——

ふいに、その全てがぶつりと途切れる。
出鱈目に重ね貼りされたフィルムが処理の臨界点を越え、官能が凍結された。
そうして、闇だけが眼前に広がる。

ちがう。

闇だけではない。

おれは、この場所を知っている。

見たことがないはずのものを、見ている。

ならば、あの景色は——誰が見ていたものなのだろう？

＋

『すずはまクリニック』から帰った後、おれたち三人は祖母の家で食卓を囲んだ。鈴浜さんに祖母を捜してくれたお礼をしようということになったのだ。今日の献立は手巻《てま》き寿司《ずし》だった。色とりどりの野菜と海鮮が赤樫《あかがし》の座卓に並び、コップには鈴浜さんが持ってきてくれた富士の地酒が注がれる。

「凄いね。これ、いつも一人でやってるの？　弟くんが？」

鈴浜さんはコップ片手にねえさんをみた。

「イエス！　一家に一台あると便利ですよ。レシピあるなら何でも作れるし」

ねえさんがおぞましいことをのたまって、鮪《まぐろ》の細切りをちゅるりと吸い込む。

いや——『吸い込む』？

強烈に不吉な予感が走り、おれは弾かれるようにねえさんを見た。

「な……なんで、刺身だけ食べてるわけ？　どうしてそんなことするの？」

「んが」

当のねえさんは、怪獣みたいにサーモンを箸で引っ摑んでいる所だった。

このままでは、冗談抜きにシャリと海苔《のり》しか残りかねない。

「〝手巻き寿司〟だって言ってんじゃん。食べても良いけど巻いてくれよ」

「だって、面倒になっちゃった。あとあんたに任せていい？」

「鈴浜さん何とかして下さいよ。このままだとおれらの食う分ないですよ」

「あ、お姉さん。私にもイクラくれないかな」

「オフコ〜ス。零れるくらいがお好みで？」

「きみは見所があるね。卒業して職に困ったらうちに来るといいよ」

「え、鈴浜さん。何してるんですか？　何でイクラだけ載っけてるんですか？　そんな載せ方していいの北海道だけじゃないですか？　鈴浜さん？」

夜が更けていく。

楽しい夕食だった。

ねえさんと鈴浜さんのせいで、大量の酢飯と海苔が残された（明日具を買い足して海鮮丼の材料にでもしよう）こと以外は、本当に楽しい夕食だった。

手巻き寿司があらかた片付いたあとは、鈴浜さんの持ってきてくれた冷酒を三人でちびちびとやる。言い出しっぺの鈴浜さんは思いのほか酒に弱く、一時間ほどで耳の端まで真っ赤にして、そのまま酔い潰れてしまった。

「おば、あちゃん……うん、仕送りのみかん、美味しかった――」

鈴浜さんの口から、寝言がぽろぽろと零れている。

きっと夢の中で、亡くなったという祖母と過ごしているのだろう。

ねえさんは微笑み、自分の着ていたサマーカーディガンを優しく掛けてやる。

「部屋に運んであげましょ。お医者さまに風邪引かせたらいけないわ」

「だね」

くったりと力の抜けた小さな身体を、二人がかりで和室の布団に寝かせる。

「ほんとに大変なんだろうな。こんな若いのに、院長なんてさ」

「そうね。悩み吐き出せる人もあんまり居ないんじゃないの」

「じゃあねえさん友達なってあげなよ」

「ばか。もう友達だと思ってるわよ、あたしは」

「ねえさんってやっぱり結構常識あるよね。いいやつだ」

そんなことを言いつつ和室から戻ると、ねえさんは待ってましたと言わんばかりにあぐらを掻き、きげん良さそうに座卓をこんこん叩いた。

「ホレ、酒が足りんぞ。注いでおくれよ弟クン」

「はあ？　……はいはい」

おれは溜息をつきながら、台所で冷やしてあった梅ジュースを開けた。

そのままねえさんの壜にじゃんじゃん注ぎ、鈴浜さんから貰った酒で割って、仕上げに蜂蜜漬けの梅干しを景気よく落としてやる。

姉は皓い歯を見せて笑い、くいっと一息に酒を飲み干す。

つけっ放しのテレビからは、再放送の旅行番組が流れていた。

『二泊三日弾丸アメリカツアー』と題され、ピークの過ぎた中年芸人がやたら分厚いステーキを頬張ると、スタジオからわざとらしい感嘆があがる。

「いーなあ。あたしもアメリカ行きたい」

「そんなに良いもんかなあ。外国」

「いーのよ。良いか悪いかじゃないわ」

ねえさんはかろかろとグラスの氷を鳴らした。

切れ長の目許が三日月みたいに歪み、おれを射貫く。

「行きたいって思うことが大切なの。何だってそう。信じていれば、少なくともその日は、頑張ろうって思えるでしょ。いつ死ぬとも知れない人生の中で、前を向いて生きるには、やっぱりそういうものが必要だとあたしは思うわけよ。日々を摘め《Carpe Diem》ってね」

そうだ。
姉はいつも何かを信じていた。
散らばった花を集めるように、自分の信じられるものを一つ一つ拾い集めて、日々を
じぶんの中に摘み取っていた。
あの家族の中ではおれのように、
何もかもを諦めるのが、一番楽なはずだったのに。

——あんたならできるわ。あたしの弟だもの。

玉のような汗を浮かべる、ねえさんの横顔。

おれよりも小さくて、けれど頼もしかった背中。


「……じゃあ、おれも信じてみようかな」

おれはねえさんのグラスを小突いた。

彼女の細く長い指先に包み込まれて、壜は汗をかいている。

「いつか、おれとねえさんが……どこにでも行けるようになるって」

「じゃあ、まずはアメリカね」

ねえさんはじゃれるように、おれの酒壜を小突き返す。ちんと小気味いい音。

「今年の梅ジュース持って行って、二人で飲みましょ」

「プラム・ジュース？」

「梅をPlumって訳すのは誤用よ。西洋李《せいようすもも》じゃないんだから。あんたがTOEIC勉強してる時教えてあげたでしょ。梅はフツーにUmeでいーのよ」

「マジで？」

携帯で調べてみると、どうやら姉の言うことは当たっているらしかった。

こんなのでもTOEICも軽々満点をスコアしているのだから始末に負えない。

おれが言い返せずにいると、姉は勝ち誇ったように、首にするりと腕を回してくる。

アルコールのせいか頭は呆《ぼ》やけていて、まったくもってされるがままだ。

ねえさんが後先考えず酒を注いだせいで、頭の中で雪崩が起こったみたいだった。

「聞いとるか弟よ。故に全ては誤用なのだ。梅ジュースだって、あたしはあんたと飲むから大好きなのによりにもよって間違えやがってーっ。セキニン取れセキニン！　内閣総辞職！　そいでもダメならあたしとチューしろーっ」

ねえさんは最低の酒乱となり、おれのうなじにこしこしと広い額をこすり付けて来る。

長い黒髪が乱れて、ふわりと薄荷の香りが横切った。

「いい加減に目を覚ましなさいよお。全ては誤用なのだっ」

彼女はへべれけに酔っていて、吐息は梅の悪甘いにおいがする。

夜は更け続け、退屈な旅番組はいつしか深夜ニュースに切り替わっていた。

熱中症、感染症、台風。二年前の飛行機事故。

無機質な声で読み上げられる世情は、夏の空気を素通りする。

どんなニュースでも構わなかった。ねえさんとの酒盛りの前には、たとえ隕石《いんせき》が降ってこようとも、大した意味を持つようには思えなかった。

おれだって大学生になったのだ。もう、酒だって彼女と飲める。

「本当夏休みだからって酔っぱらっちゃって、まあ」

「あっはは。あんたが介抱してくれるから安心してぱんぱか呑めるのよ」

「おれだってヒマなわけじゃないからね。レポートやらないとだし」

「そういえばゼミの課題あったわね。何研究してんの」

「……『姉弟間の恋愛』を取り扱った文学作品について」

「ばぁか」

一段低く、ねえさんが耳許で喉を鳴らす。心臓が跳ねた。

声はキャラメリゼされたような、焦がれる甘さに満ちていた。

「やることちゃんとやってる人は大変ね。あんた、頑張ってるし」

「何さ。藪から棒に……」

「ほんとよ」

ねえさんはおれの耳へ、引っ手繰るように啄《ついば》むようなキスをした。

しめった唇が、口づけとともにおれの耳に熱を与え、感覚が馬鹿になってしまったみたいだった。

「ひどいな」

おれは笑いながら振り返った。

そしてねえさんに仕返しをしてやろうとして、

＋

目が空《あ》いた。

腕を動かそうとして、身体の自由が利かないことに気付いた。

頭が割れそうに痛い。筋肉に力が入らない。

立ち上がろうとするが、脚が途中で引っかかったように止まる。

体をよじると、結束バンドのようなもので後ろ手に拘束されているらしかった。

両手両足の親指がきつく結ばれている。

その場で屈伸をするように、くねって進むしかなかった。

周囲の空気は乾いていて冷涼だった。

床からは土のにおいもうっすらと立ち上っている。

闇の向こうはどこかに通じているらしく、時折ひゅるるるるとが風がおれの肌を撫でていた。一方、辺りは全くの暗闇で、一筋の光も見えない。

ただ粘度の高い黒が視界を覆っている。


――さきほどの景色は？


鈴浜さんと、おれと、ねえさんが居て、愉快に食卓を囲んでいた。

……あそこで笑っていたのは、本当におれなのだろうか？

……ここでこうしているのは、本当におれなのだろうか？

訳が分からないまま、出鱈目な方向に進むことしかできない。

風が吹いているなら、どこかに通じる構造をとっているはずだ。

ならば、ここは構造体の一部だと推測できる。

めちゃくちゃにでも突き進んだら、いつかは壁に行き当たるはずだ。

今はそれくらいしかできることがない。

悪い冗談だとしか思えなかった。

鈴浜さんに盛られたフルニトラゼパムのせいか、思考がまとまらなかった。

ただ、ここから出なければならないという義務感に突き動かされて、蟲のように這《は》いずり回《まわ》る。何故だかここにはいたくなかった。

この、煮えたぎるような闇の中には。


一度身をよじらせるたびにおれの身長の半分ほど進むことができると仮定して、それを十回繰り返せば、約九メートル進んだ計算になる。

無機質な思考と数字で無理矢理脳を稼働させながら、おれは前進を繰り返した。三十回程度尺取り虫のように這いずり、やっと壁らしき行き止まりに突き当たった。随分長い間こうしていた気もするし、ほんの僅かな時間しか経《た》っていなかった気もする。どちらにせよ、おれの時間の感覚は既に拡散していた。後ろ手に触れた壁は冷たく、ごつごつした岩と、それを支えるなめらかな木材の感触があった。

剝がれた木は、ところどころ床に落ち、ぱきぱきと乾いた音を立てる。

壁に沿ってしばらく進んでみると、十メートルほど「縦」に進んだところで、角に行き当たった。そこから再び壁伝いに「横」へ進むと、今度は二十メートルほどで「縦」に続く角に辿り着いた。嫌な予感を抑えつつ、そこからさらに進んでみたが、また二十メートルほどが過ぎたところで、最も恐れていた事態が起こった。

四つ目の「角」に到達してしまったのである。

この闇には、扉らしきものも手すりらしきものもなかった。

つまりここは、二十メートル四方の完全な正方形だ。

それにも拘わらず、肌には微かに風の感触がある。

風は上から吹いてきている。ならば、ここは地下の空間の可能性が高い。

ならば、ここはどこの地下なのかと考えようとした時、おれはあることに思い至った。

祖母の家は、上から見ると「鉤括弧《かぎかっこ》」のような造りになっている。

そして、この地下空間の構造は二十メートル四方の正方形である。

だから、これは――家そのものが、四角形の頂点の部分に沿って造成されているのかもしれない。この辺りの土地は茶や蜜柑《みかん》を段々畑で栽培できるほどには水はけがいい。したがって土壌も柔らかく、地下空間の上に家でも建てようものなら、地盤が沈下する惧《おそ》れもじゅうぶんにある。

だから、地下空間を押しつぶさない形で、この闇の矩形《くけい》に添わせる形で――ずっと昔に、この家は建てられたのかもしれない。

ならば母屋の近くで、地下空間の入り口になりそうな場所は？
当然、あの蔵に決まっていた。

おれは「角」に身を預けて、立ち上がってみた。
精一杯跳んでみる。頭は天井に掠りもせず、おれは無様に土に投げ出された。
ぱきぱきと床の枯れ枝が折れ、鋭い切っ先が腹に食い込む。
痛みをこらえながら何とか身を起こし、おれは上を見た。
視界はかわらず暗闇を湛えている。
――つまり、おれがここから出る方法は存在しないということだ。
それを自覚すると、脳味噌《のうみそ》が、冷えて窄まる。
徐々に蓋をしていた恐怖が、骨から染み出してきた。
世界は完結している。おれは本当に独りぼっちになった。
怖い。おれは必死にねえさんのことについて考えた。
あの時、見栄《みえ》を張らずに姉に助けを求めていればよかったのか。
そうすれば、こんな思いは――そこまで考えて、おれは思考を止めた。
それだけは駄目だ。
他の何が起ころうとも、ねえさんだけは守らなければならない。

おれはねえさんに信じて貰ったのだから。

縋るように、放埒でけじめのない暗闇をながめた。

闇のうろの中には何のしるしも読み取れない。

じぶんの存在さえも、拡散していくように感じられた。


だがふいに、それでも良いかという考えが頭を過ぎった。

ねえさんはもうきっと、ここに来ることはないだろう。

もうこのまま、何もわからなくなってしまうのも良いかもしれない。

希薄になるおれは、コーヒーに溶けゆく一粒の砂糖、汀《なぎさ》に洗われる貝殻の薄蒼《うすあお》い欠片《かけら》、梅のジュースに靄を落とす氷、その全てだった。

この気持ちはわからない。一生わからない。きっと、誰にも。

おれはねえさんにお別れを言おうと思った。


「」

何も聞こえない。

ぽっかりと、おれの声が切り取られたようだった。

「」

ぱきり

背骨を摑まれるような怖気が走る。

ぱきり、ぱき

下を見る。

枯れ枝の音だ。

おれの耳がおかしくなったのではない。

声だけが、闇に吸い取られている――喰われているのだ。

「」

「」

「」

きゅう、と視界が縮む感覚。
思わず転がる。縛られた足が均衡を崩し、無様に倒れ込む。
突いた手に枯れ枝の感触がして——それが破片になって砕けた。
枝などではない。おれは最初から、この手触りを知っていた。
この土の匂いを知っていた。
祖母の家に来た最初の日、蔵から漏れていた白墨のような粉。
色褪せた貝殻みたいな肌のさわり。
白かったあのひとの最後の姿。

これは、骨だ。

焼けた人の骨が、
骨を砕いた粉が、
床いちめんに敷き詰められている。

なにも聞こえなかった。静寂の向こうに吸い込まれていくばかりだった。
とろろろという風の音だけがいまだ暗闇に流れている。
それさえも、きっと風の音ではないのだろう。
この狭い世界に息づく闇そのもののこえ。
骨のにおい。手触り。すべての官能が、ひとところに捧げられる。
暗く甘い、死へと。そして——

その真実に気付いた瞬間、
かっと脳髄が焼けた。
恐怖にわななき、のたうちまわって泣き叫ぶ。
何も聞こえなかった。
何も感じなかった。

この感覚は既におれのものではない。
この闇の中に巣食う、だれかのものだ。
闇の中でおれは解体され、蚕食されている。

だから鈴浜さんは、おれをここに運んだのだ。

だってここはたぶん。

「　」

最後にもう一度、名前を呼んでみた。
あの人の名前。
おれがずっと呼びたくて、ついに口にすることのなかったその名を。
誰か、
何か、
ねえ、
さよなら。

「ね、起きなって。もう朝ごはん」

涼やかな声に、目が空いた。

「珍しいわね。あんたが寝坊だなんて」

ねえさんが和室の枕許に座り込んでおれを見下ろしている。

切れ長の目許に高い鼻、透き通るような面立ち。ホットパンツにタンクトップ、サマーカーディガンを軽やかに纏うすらりと延べられた姿体。

何も変わらない、いつものねえさんだ。

「……部屋、明るくない？」

差し込む日の光が、やけに眩しかった。

もうすっかり昼で、開け放しにした窓からは風鈴の音が聞こえて来る。

「ちょっとあんたホントに大丈夫？　大学の友達にやばいクスリでも売りつけられたとかじゃないわよね」

「いや……そんなんじゃないって」

「ほんと？　あんた一時期薬がぶがぶ飲んでたことあったじゃない」

「あれは寝られなかっただけだよ。ほんとだ」

おれは寝間着にしている甚兵衛《じんべえ》の裾を直し、布団を畳んで起き上がる。

「ふうん。ま、何でもいいけどご飯冷めちゃわないあいだに来なよね」

「うん。ありがと」

祖母が亡くなってから、ねえさんは料理をするようになった。

おれが事務的な手続きに追われ、台所に立つ時間が減ったからだ。

『あたし天才だから。本気でやったら、あんた追い抜いちゃうかもね』

ねえさんは包丁を握りながら冗談めかして笑っていたが、実際のところその言葉に偽りはなく、三か月ほどでおれと同等以上に料理を上達させた。

今ではもう、おれが居なくても大抵のものは作れるはずだ。

渡り廊下を歩いて居間に行くと、焼けたベーコンとマフィン、コーヒーのにおいが漂ってくる。まだ夏休みはたっぷりあるのだと思うと不思議と目が冴えた。

去年の夏休みから、祖母は行方不明のままだ。もうすぐ一年が経つ。

軽度認知障害のこともあり、行政からは危難失踪と認められた。

失踪と認定されれば、祖母が消息を絶った日から一年をもって裁判所に失踪宣告を申し立てることができる。つまり、認定死亡扱いになる。

認知症患者が行方不明になった時の生存率は、五日目以降は零パーセントだ。

祖母が自分の意思で姿を消し、そして失踪から一年ほどが経った今、生きている可能性はほとんどないだろうと警察は言っていた。

失踪宣告はほとんどおれとねえさんで進めた。もちろん鈴浜さんにも世話になった。大学生のおれでも手続きを滞りなく進められたのは、彼女が行政書士を紹介してくれたことが大きい。

去年の夏休みが終わった後も、おれたちの交流は続いていた。

鈴浜さんが学会や勉強会で東京に来るときは、ねえさんを含めて三人でお茶をしつつ近況を報告し合ったり、ねえさんの単位について鈴浜さんが小言を言ったり——保護者とも友人ともつかないような距離感は、きちんとした親というものに実感が持てないおれたちにとって心地がよかった。

祖母の家の庭を抜けると、すぐに坂が開ける。

坂沿いには茶畑が広がり、木杭《きぐい》を打つように電柱が立ち並んでいる。

おれは電信柱の一本に近付いた。

一年の月日に色褪せた、祖母の行方を尋ねるビラを剝がす。

ねえさんも朝ご飯を食べ終えて、向こうの電柱の張り紙と格闘していた。

抜けるような青空には、富士がよく映える。

それだけは、前の夏休みと変わらなかった。

『めんとりさま』のことについては結局どうなったのか、よく覚えていない。夏が秋に変わるにつれ、諦めにも似た意識がおれたちの中で共有されて――そして、気付けば二人ともその名前を口に出さなくなった。

あの時眠ってしまったことを、ずっと後悔し続けている。

おれが祖母から目を離さなければよかっただけの話なのだ。

だからこうして祖母の家に赴くのも、罪滅ぼしのためなのかもしれなかった。

家の周りは、もう何十回も確認している。さっきもビラを剝がす前に、儀式のように祖母の邸宅の周囲を見て回ったが、姿などあるはずもない。

当然のことだった。失踪初日に役所や生活広報課にも連絡はしたが、それでも目撃情報の一つも入ってこなかったほどなのだ。

失踪として処理される準備が整いつつある今、できることは何もなかった。有体《ありてい》に言えば、もう事件はおれたちの手を離れている。

朝ご飯を食べた後、二人でしばらく手を繋ぎながら眠って、また昼前に起きた。

ねえさんと一緒にテレビを見ていたが、貧相なローカル番組しか放映されていない。

ねえさんはひどく退屈がっていたので、鬱憤をおれにぶつけられる前に、持って来たUNOやらトランプやらを取り出すことにした。


「ねえさんさあ。なんでもドローフォーで返してくるの止めてくれないかな」

「仕方ないでしょー、二人でプレイしてるんだから。ドロー系の札を引く確率だって高くなるに決まってるじゃない。分母の問題よ」

「だからって、全部それで返されると永遠にカード交換が続くんだよ。ねえさん終わらせる気ある？　遅延試合はスポーツでも禁止されてるだろ」

「いーのよ。あんたも私も夏休みは死ぬほどあるんでしょ、一日くらいカードゲームやりまくったって誰も文句言いやしないわ」

「そういう問題じゃないと思うんだけどなあ……あ！」

「いきなり何」

「UNO言ってない！　ねえさんはいっつも詰め甘いんだよなあ」

「はいはい」

ねえさんはペナルティとして山札から二枚カードを引かなければならない。

そしておれは、既に勝つ準備を整えている。

赤の『9』と緑の『9』を二枚纏めて場に出すと、ねえさんが顔をしかめた。

「……あたしの戦績は？」

「二勝五敗」

「加減しなさいよ、あんた」

「ほんとは楽しい癖に」

次の瞬間、ねえさんの鋭い蹴りがおれの脳天に直撃する。彼女の脚癖の悪さは異常だ。続けざまに伸びて来るねえさんの足刀をおれは何とか避ける。

「やめなよ。はしたない」

「姉を試すような弟には罰を与えなきゃ駄目よ」

とはいえ流石にこれだけじゃ飽きたわねと――ねえさんはにっかり笑った。

次は、何で遊ぼうか。

祖母の家にある旧いモノポリーに興じるのも悪くない。

将棋を打つのだって楽しいだろう。和室の押し入れを探せば野球盤やスーパーファミコンなんかも見つかるかもしれない。

なんだって構わなかった。

たっぷり残された夏休みは、そのすべてを許容している。

おれは卓におかれたコップの片割れに口をつけた。

ねえさんも『おジャ魔女どれみ』がプリントされた方をくいと呷った。

いつもより色濃く、蜂蜜の甘さが梅の清冽さに絡み付く。

さきほど蹴られた頭に硝子壜の冷たさがよく染みた。

「相変わらず美味《うま》いね、これ」

「去年あたしたちが仕込んだやつだからね。これで我が家の梅ジュースのレシピもばっちりってわけよ。おばあちゃんが居なくなっても大丈夫」

「後世に伝える気あったんだ」

「そりゃね」

「……伝えるのは、誰になるのかな」

「さあね。あたしの口から言わせる気？」

ねえさんの『おジャ魔女どれみ』のコップが、おれのコップを小突いた。

何だかアニメのキャラにまでダメ出しされている気分だ。

「頑張って考えてみたんだけどさ」

「へえ」

「ねえさんが他の人と一緒になるの、やだな」

「ふうん。ま、及第点ね」

ねえさんは唇を吊り上げて満足げに笑った。

彼女はチェスや将棋のときにもこんな表情を見せることがある。

事態が全部自分の思惑通りに進行している——そう思っている時の笑みだ。

「素直に『お姉ちゃんと結婚する』くらい言ってみせなさいよ」

だとすれば、今の答えはたいそうお気に召したのかもしれない。

ねえさんはこれで中々素直じゃない所がある。ちょっと天邪鬼《あまのじゃく》なのだ。

「言えるかそんなこと」

「言えるわ。だってあんたはあたしの弟だもの」

薄い唇がつ、と縁から離れる。

ねえさんは湿り気を帯びた視線でおれを見つめていた。

かろん。素っ気ない音でコップが倒れる。

「……美味しくなかった？」

コップを小突いた姉の細い指を見つめながら、おれは聞いた。

「ううん——でもさ、」

あんたのと一緒に飲むほうが、もっと美味しいよ。

ねえさんの瞳には蜂蜜よりも金色に濁った希《のぞ》みが現れている。

持っていたカードを捨て、こちらへ這い寄ってきた。

うっとりとしていた。荒い息がどこか他人事のように感じる。

山札が彼女の体重でばらけて、色彩の山を形作る。


青。

黄。

緑。


――赤と、黒。


こんな血の通った暗闇を、ついこの間視《み》た気がする。

……これは、誰の記憶だろう。誰の感覚だろう。

ねえさんが顔を被せてきた。

太ももが握り締められるのを感じながら、おれは目を閉じた。ねえさんの膝のまるみがおれの腕に押し付けられて、ちょうど夏の猫がくちづけているような形になった。

しとりとした唇は梅の香気にまぶされていて甘く、歯は少しだけ粘り気に濡れていて、それを舌でたどると今度はねえさんのほうがおれのべろをくすぐってくる。何だかふがいなくて目を開けられなかった。

しばらくウミウシの交接みたいに舌を絡ませあったあと、ふいにねえさんが顔を離す。

目が明《あ》く。

官能は焼き付けられていて、肉のざわめきがあらゆるくぼみから覗《のぞ》いていた。口許、鎖骨、汗の溜まった耳のやわらかい骨。

「好きよ」

ねえさんは珍しく泣きそうな貌をしていた。

「あんたのことが、すき――」

それ以上は、何も言わせたくなかった。堪《たま》らなかった。

おれはねえさんをもう一度きつく抱き寄せ、唇を押し当てた。

たぶん、おれが人生で触れた中でいちばん柔らかくきれいなものだった。

しばらくそうして抱き合って、お互いの服が汗でべったりと癒合したころには、部屋には夏の夕立みたいな二人のにおいが立ちこめていた。

祖母はもうこの部屋に帰ってくることはない。

おれたちは世界に二人きりみたいだった。

開け放ちのドアから框が見える。

おれのスニーカーとねえさんの赤いサンダルは、揃って二つ置かれている。

+

平穏でつつがない夏休みの日々を、おれとねえさんはなかなか愉快に過ごした。鈴浜さんと一緒にカラオケにも行き、昔一緒に訪ねた駄菓子屋でラムネを飲み、夜の公園で肝試しをして、その合間合間で奔放にからだを重ねた。

ねえさんのからだは大きくすらりとしていて、抱きしめられるとちょうどおれがすっぽりおさまってしまう。流れ着いた旅人が椰子《やし》に日々をつけるように、彼女の心臓の拍動はたしかな現実を刻んでいく。

その裏に流れる血の色が、何故だか目に映るような気がする。

ある夜、ねえさんとおれは星を見に行くことにした。

おれが持って来たSF小説に、宇宙と繋がる窓を買った少年の話があったのを思い出したのだ。祖父の部屋には埃まみれの天体望遠鏡が死蔵されていて、あたりに積まれた本をぶちまけながらやっとこさ引っ張り出した。

望遠鏡の胴には、蔵で自殺した祖父の名前が刻まれていた。

祖母以外の家族のことはあまり覚えていない。思い出したくないし、興味もない。だから彼にこんな趣味があったのだということも、初めて知ったような気がする。姉は去年おれに『人に関われ』などと言ったが、今はむしろずっと二人で夏休みを過ごしたがっているようにも見えた。

「ね、楽しいね」

道行きで、ねえさんがふいにくしゃりと笑う。

おれは望遠鏡を担いだまま頷いた。

見上げると、紅い線が宙天にゆっくりと刻まれていた。

あれはボーイングだろうか？

「この先も、楽しいと思う？　おれたち」

「さあね。あんたとしか知らないし」

おれたちはしばらく満天を眺めながら歩いた。

ちょうど祖母の家の近くの公園には天体観測にうってつけの丘があって、そこで酒盛りでもしながら星を見るのも悪くないだろうと話していたからだ。

最初は夏の大三角を見付けようとしていたけれど、難しくてやめてしまった。夜空に散らばる星を辿るだけでも楽しかった。

視線を落とすと、小高い丘が薄闇を割り裂いて現れてくる。

「命短し恋せよ乙女、日々を摘めって《carpe diem》やつよね。どうせ人間なんてすぐ死んじゃうんだからさ、あたしはあたしを最後まで生きてやる」

おれにはねえさんが星空を背負っているように見えた。

日々を摘むということ——明日に盲《めし》いず、その日の星を眺めようとすること。

「ねえさんが言うと説得力が違うよね。留年してるもんな」

おれは物悲しくなって、なんとなく茶化してしまった。

「はっ倒すわよ。ほら、行こ」

ねえさんは、おれに細い手を差し伸べる。

しっとりと汗ばみ、血が通っていて暖かかった。

「あんたの本、何冊か読んだんだけどさ。何か……海外の青春小説だとさ。ちょうどあそこの丘の上で『ぼくたちは最高のキスをした』とか描いてくれるのよね。ねえ、あんた小説家になれば？　モデルくらいはなったげるわよ」

おれは黙って飛行機へと目を逸らした。

丘の上でおれが望遠鏡を据え付けるあいだ、ねえさんは荷物からてきぱきとレジャーシートを敷き、その上に梅ジュースと焼酎を置いた。おれがレンズの角度を調整した所で、彼女も蚊取り線香と二人ぶんのグラスを取り出す。

じ、と緑の渦巻きが火に鳴いた。


「おいで。呑みましょ」

ねえさんは任侠映画《にんきようえいが》みたいに、威勢よくあぐらをかいた。

おれは大人しく酒を受け取る。

「えー、それじゃ、乾杯」

「はいはい。カンパイ」

ねえさんに。そう心のなかで付け加えて、グラスを呷った。

この甘ったるい酒盛りはおれが望めばどこまでも続くだろう。

どこまでもというか——たぶん、永遠に。

「ねえさん、思い出したことがあるんだけど」

「どうしたの。あたしを喜ばせる台詞《せりふ》じゃなかったら承知しないぜ」

彼女はにやりと眩しく笑った。

おれはその唇の柔らかさをおぼえている。

そこから紡がれる、言葉の優しさをおぼえている。

ねえさんと過ごした夏休みの全てを。

おれたちはきっと、あの家の中で長いこと一緒に居過ぎた。

小学生の夏休み、花火で足を焼いたおれを背負ってくれた時かもしれないし、
自転車を壊したねえさんを庇い、おれのせいだと親に偽った時かもしれない。

ねえさんと過ごした二十年間の記憶は癒合し溶け合って、どちらの記憶がどちらのものだったのか、ほとんど判別がつかなくなっていた。

けれど一つだけわかっていることがある。

いつかの日に、おれはねえさんを求めたのだ。

そして彼女はそれに応えた。それがおれたちの全てだった。

もうこの情を何と名付けるべきなのかもわからない。

誰かが傍にいることを、信じていたかっただけなのかもしれない。

けれど、おれたちにとっては、何もかもそれでよかった。

ねえさんはおれにとって頼れる暴君で、か弱い女王だった。

全てを無防備のまま信じてしまう。

裏切られたって、責めも憎みもせずに飄々《ひょうひょう》と佇み、けれど夥《おびただ》しい傷を抱え込んでいる。

母が姉の誕生日をまるで覚えていなかったときも、父に存在しないように扱われたと

きも、平生通りに振る舞っていたが——一番近くに居たおれだけは、彼女がどんな顔をしていたかしっていた。彼女はひどいことをされたと思う。ほんとうに沢山。

だからおれも、ねえさんにとって合わせ鏡のような存在になりたかった。

それは例えば、利発な愛人、密やかな従者……なんだって構わない。

いつか読んだ、美しいものを求めるままに狂ってしまった騎士道物語みたいに——風車を巨人だと信じる、星みたいな彼女の心におれは惹かれたのだろう。


おれはまた、たまらなくなった。

けれど、日々を摘まなければならない。

他ならぬねえさんがそう言ったのだ。

だから、信じている。彼女がそこにいることを。

おれは満天を見上げた。

群青色の夜に、紅い軌跡を描く飛行機がみえる。

「ねえさん。あの飛行機、覚えてるかな——」

＋

聞き覚えのあるメロディが、枕許の携帯から流れていた。
目が空いた。

〈♪会いたいと思うことが　何よりも大切だよ……〉

目覚まし代わりの『浪漫飛行』を止めて、カレンダーを開く。
八月二十日。夏も後半に差し掛かっていた。蟬はもう鳴いてはいない。
ひどく肌寒い。おれは甚兵衛を着たまま居間へ歩いた。
卓上には酒壜やグラス、つまみの残骸が転がっているだけだ。
ねえさんは見当たらなかった。鈴浜さんもいない。
どこに行くべきかは、誰も教えてくれない。それでもよかった。
スニーカーを突っかけて庭に出る。
朝の冷涼な空気が肺を刺した。八月の後半にしてはやけに底冷えしている。

あの日祖母と最後に喋った裏口にも、ねえさんと一緒に梅ジュースを作った縁側も、今は静けさに満たされている。

玉砂利を渡って、駐車場のある表の庭に出た。

小さな畑の向こうには行儀よく電信柱の立ち並んだ坂道だけが見える。

詠《わか》っている。うちの敷地で捜していない場所は、後は離れの土蔵だけだ。

最初からずっと、おれはここを捜すべきだった。

夏の朝に、静かに佇む蔵を見る。

祖母の邸宅は上から見ると「《かぎかっこ》のような構造になっているが、その記号のちょうど西側、母屋と繋がる離れの中にうちの蔵はある。

蔵の木戸はわずかに、おれを誘うように開かれていた。

おれは、二年前のある時点から——ずっとあの蔵に近付けなかった。

そして、祖母が行方不明になってもそれは変わらなかった。

蔵の中を捜すべきだと解っていても、体が動こうとしないのだ。

決して踏み入ってはならない。

そう骨の一つ一つに刻み込まれているように、蔵はおれにとって忌避すべきものだった。雨鳥吾郎の日記だって、鈴浜さんに立ち入って貰って、やっと手に入れられたくらいだ。凄く帰りたかった。

どこへと聞かれてもわからないが、とりあえずここではないどこかへ。

願わくば、姉のいるところへ――

『だってあんたは、あたしの弟だもの』

そうだ。

おれは、ねえさんに会いたかったことを思い出した。

静かに、玉砂利を踏みしめる。

ねえさんが何度も響かせた、石の擦れ合う音は返ってこなかった。

きい、きい。

代わりに、別の――記憶の中に刻まれた、鋭い金擦れが。

きい、きい、きい。

忘れることすら許さないと言わんばかりに、おれを責《せ》め苛《さいな》んで離れない。

「そうだね」

おれは胸に手を当てて自分の心臓の音をきいた。
彼女と同じ血の、さざなみを。

「ねえさんは、たった一人のおれの姉貴だ」

気付けば視界の端には、すらりとした影が立ち現れていた。

＋

そうしておれは、いつのまにか雁堤を歩いている。
かつてねえさんと共に眺めた川の流れを、今はどこまでも一人で進んでいく。
富士川の向こう岸には、提灯《ちょうちん》のような灯《あか》りが亡《ぼう》と立ち並んでいた。
高さの違う籠が掲げられ、火箭のように松明が投げ入れられているのがわかる。
燃え盛る「蜂の巣」は送り火のようでも停止灯のようでもあった。
おれはその光に、大丈夫だと答えたかった。きちんと思い出せる。
今はもう、過去のじぶんと繋がっているという確かな感触があった。
だからおれもすぐに、そちらに行ける。

失われた心も、傷も、匂いも、光も、全て手の内にある。
……おれはあの夏の記憶を改竄《かいざん》されている。
そして、おれにとって都合の良い世界を繰り返している。
おれがいつまでもねえさんの利発な従者であることのできる世界。
ねえさんがいつまでもおれの美しい暴君であることのできる世界。
鈴浜さんとの、あの奇妙な友情を失うことのない世界。
だけど今はもう、それが偽物だと理解できる。
きっとねえさんは、おれを呼んでいる。
ならばきっと、会いたいと思うことが何より大切なのだ。

おれは堤を下り、スニーカーを脱いだ。
素足に折れた草木が突き刺さる。
足の甲には、火傷《やけど》の跡が星のようにぽっちになっていた。
昔、線香花火に焼かれたものだ。
そういえばあの時は、ねえさんがおれのことを背負ってくれたっけ。
そんなことを思うと、何だか無性に花火をやりたくなった。

夜をため込んで黒い富士川へおれは足を踏み入れる。
月の潤んだ光が橋のように川面《かわも》を走っていた。
水は、おれの足を撓んだ泥みたいに跳ね返す。
一歩。
沈むことはない。体重が力強くおしもどされる感触。
もう一歩。
足が完全に浮いた。
川べりを越えても、身体は水の上に立っている。
おれは何となく愉快になって、また一歩を踏み出した。
ちゃぷり、と波紋が水面に広がる。

誰の手を握ることもなく、夜の川を歩く。
あの日ねえさんが呉《く》れた傷を確かめるような足取りだった。
向こう岸が、だんだんと近づいてくる。
雁堤の松明の光が、だれかを迎えるように躍っている。
闇が深く落ちて、おれを包んだ。
雲が散り行き、月明かりが夜空にぽろりと落ちる。

揺らめく川を渡り切ったおれの目の前には、人影が佇《た》っていた。
たっぷりと丈のある紺のサマーカーディガンに、白いタンクトップ。
すらりとした太腿《ふともも》は夜に濡れて、ぞっとするほど生白かった。
おれはかるく手を上げる。

「おかえり」

彼女は微笑んで言った。
涼やかな声が耳に心地よかった。
ひとときも忘れたことはない。
二年前に死んだ、ねえさんの声だ。

Remains in the Black

ずっと、傷口のような記憶を抱えている。

あれは——現実から遊離した、あまりにもおぞましい光景だった。

ねえさんはアメリカへと留学に行っていたことがある。

土産にまた変な置物を買ってきてくれると約束してくれて、その帰りの便で、ねえさんは飛行機事故に遭った。

バッテリーの出火で電装系統がいかれたのが原因だったらしい。

燃料タンクに火が回って大火災を起こし、機体は海中に墜落したのだという。

事故からしばらくして、テレビで放映された特集番組で知ったことだ。

ねえさんが死んだ直後のことはよく覚えていない。

航空会社の記者会見も見なかったし、弔問も無視したからだ。

一切の情報を遮断して、家の壁をずっと見つめていたような気がする。

飛行機での死亡事故に巻き込まれる確率は死ぬほど低いらしいが、それでも彼女は死んでしまったのだから統計なんて糞《くそ》の役にも立ちはしない。

ねえさんはきっと、誰も恨まないままに逝っただろう。それだけが救いだ。

歌が好きで、勉強はやる気がないのでからきしだが、頭の回転はすばしこい。

野放図で、ずぼらで、けれど人を惹《ひ》き付《つ》ける純真な愛嬌《あいきょう》に満ちている。

そんな彼女だから、それなりに愉快な未来があったはずだった。

もう、すべて失われた。


ねえさんの遺体は、おれに会う前に焼かれた。

水死体だから損傷がひどかったのかと勘繰ったが、葬儀社の人間に問い詰めるとどうも親戚筋に引き取られたらしかった。

遺品として回収できたものは、紺地のリボンが編みこまれたカンカン帽だけだった。

おれが昔、水族館に行った時に彼女にプレゼントしたものだ。

ねえさんの訃報を聞いた時の両親の反応は概ね予想通りだった。

父さんは「そうか」と短く言ったきりおれと一言も口を利かなくなった。

母さんは残念だったわねとへらへら笑うだけだった。

あのとき、おれの中で決定的な感情の繊維がぶつんと途切れた。
ねえさんの人生に、彼らの痕跡をこれ以上残したくない。
その思いで、葬式の準備も、おれが中心となって進めた。
生前、姉と葬儀の形式について冗談交じりに話し合ったことがある。
生きるために、互いに互いを必要としていた。
依存ですらない。それは癒合と言ってもよかった。

『──あたし、死んだら骨は海に撒くのがいいな。あんたもそうしなよ』
『海に流れれば、どこにでも行けるわ。あの家から逃げられるし』
『あんたとなら、きっと一緒になれるでしょ。姉弟舐めんじゃないわよ』

おれは高校を休み、海洋散骨の段取りを地元の葬儀社と整えた。
骨を撒くなら、家からうんと遠い所にしようと思っていたのだ。
まだ見たことのない場所に、連れて行ってやりたかった。

しかし、ねえさんの骨がどこか遠くに行くことはなかった。

葬儀当日になって初めて、斎場が祖母の邸宅に変更されていたことを知った。葬儀社に問い合わせてみたら、父が強引に手筈《てはず》を変更したらしい。

担当者は『もうプランを変更することはできない』の一点張りだった。

自分の息子は頭がおかしい。実の姉と通じていた。だから、この葬式は一族の総意ではない。式はこちらで執り行うから、息子にはぎりぎりまで伝えないように。概ねこのような言い分で、おれは蚊帳の外に置かれたらしかった。

おれはあのとき、生まれて初めて父を怒鳴りつけた気がする。

父は例によって何も語らず、葬儀はつつがなく執り行われた。

斎場となった祖母の家には、たくさんの人が並んだ。

見たことのない親戚も、見たことのない知り合いも大勢いた。

パック詰めの寿司みたいに並んだ参列者は一様に欠伸《あくび》をかみ殺していた。

談笑している者もいる。誰も弔辞を述べることはない。

姉と繋がっていたかどで、おれに野卑な冗談を飛ばす者も多かった。

おれたちの関係は親族にはもはや周知で、軽蔑されていた。

だから読経もなく、焼香もない。ねえさんの骨を焼いてそれで終わりだ。

葬儀が終わって、紅白の盆に供えられた梅と清酒が出される。

そして親戚連中の酒宴が始まった。

『姉ちゃんの尻はどうだったたい。うまかったかい『穢《けが》らわしい。お役目がなければあなたのような子『おい数の子取ってくりょう『梅酒美味しいー。これ誰が作ったの『だめよっそんなん飲んじゃ『これでうちもまた安泰だな『蔵のお陰様ねえ『お役目も見つかりましたからねえ葬祭の人にもお礼を言っておかなくてはいけ『あれらが生まれたのは天祐《てんゆう》でしたな『は壊れてしまいましたし——』

葬式に似つかわしくない、豪華な精進落としを食い散らかしながら、親戚たちは朗らかに笑っていた。本当に冗談みたいな光景だった。

ねえさんが死んだということを、誰もが理解している。

それだけだった。

自分たちが道具として濫費されようとしていることを、おれは本能的に理解した。だがその事実にすら、もはや何の感慨も抱くことができない。

この先この家を抜け出して逃げたところで、ねえさんを欠いた人生にどんな意味があるというのだろう。

大学生活が始まるタイミングで、おれたちは相談して家を出ていくことを決めていた。潮時だと思ったからだ。あの時はまだ、自分たちの人生に期待が持てていた。思えば、その時すでにおれたちの関係は両親に露見していたのだろう。それ以来、おれたちの生活は急激に変わった。

賃貸の書類。

ねえさんの大学の学費。

アルバイトの承認。

両親が無理矢理にでもおれたちの二人暮らしを止めなかった理由はすぐにわかった。そもそも最初から家を抜け出すことなど不可能だったのだ。保護者を必要とするありとあらゆる手続きを盾にとられ、おれたちは経済的にも精神的にも追い詰められた。

ねえさんの大好きだったカラオケにも行けなくなった。

だが、それでも姉弟二人なら希望はある。最悪の場合、生活保護でも何でも貰って暮らせばいい——そう思っていた矢先に、ねえさんは父から突然アメリカに留学することを命じられ、おれたち姉弟は無理矢理引き離された。逃げることもできなかった。

たぶんおれたちを引き離すことができれば何でもよかったのだろう。

ねえさんは英語ができたからそれらしい隠《かく》れ蓑《みの》に留学という口実を使われただけだ。おれたちは当然のように逃げたが、実家の財産を使ったらしく、どこへ隠れても監視されているかのようにすぐに居場所が露見した。

それでもおれの方は、まだ耐えることができた——海外に行けば、少なくともねえさんの方は家から遠ざけることができると思っていたからだ。

実家がおれに何をさせようとしているかは分からなかったが、どう考えても状況が良い方向に転ばないだろうということだけは理解していた。

姉と一緒ならばそれなりに愉快な未来もあったはずだった。

自分たちの手で、それを作って行けると、そう無邪気に信じていた。

彼女さえ生きていれば。

全て誤りだった。彼女はそこまで強くなかった。

静かに自分の中に蟠りを湛えて、そして一気に噴き零れてしまうだけなのだ。

おれが留学のことを伝えると、ねえさんは泣き喚いて提案を拒否した。

普段の飄々とした振る舞いは見る影もない。惨めだった。

そして、おれが首を縦に振らないことが解ると、彼女は風呂場に閉じこもり——ドアを無理矢理蹴破ったおれがみたのは、剃刀を片手に浴槽のタイルにへばりつく姉の姿だった。あのときおれが一緒に死んでいれば、こんなことは起こらなかったのにとも思う。

それでも。好きな人に、生きていて欲しいと思ってしまった。

それが不幸の種だった。家に逆らえば、今後もこういうことが起き続ける。

だから、『普通の家』を演じるしかない。

そういうわけで、家に歯向かう意志も意味も、摘み取られてしまった。

だからおれはただ、ねえさんに会いたかっただけなのだ。

自分の半身が砕けて、心が血のように流れ出てしまえば、もう何かを信じることでしか、ひとは生きていけない。

この気持ちはわからない。きっと、誰も。

もっと、

もっと、ねえさんを、

もっと、ねえさんの姿を。

その妄念は種となっておれの意識の底に沈んでいった。

どこまでも深く。

沈殿した想念はやがて発芽し、深くおれの心に根付いて。
そしていまもなお、溌剌《はつらつ》と育ち続けている。

おれは結局、じぶんのなかでねえさんを創って一緒に生きることにした。
要するにパラノイアだ——もちろん、最初は失敗だらけだった。
ねえさんとの日々をたどることは、新鮮な傷口を掘削することにも似ていた。
彼女との日々を生きるためには、彼女の思い出を掘り起こさなければならない。
ほじればほじるほど肉は健康な弾力でしこり、より温かい血を返してくれた。
だってついこの間まで、ねえさんはおれの隣にいたのだ。

そう——きっと、誰にもわからない。伝えるつもりもない。
失ったとき、哀しみより早く自分の死を想ってしまう。
そういった存在を持つことの意味を。

たとえば、
大学からの帰り途《みち》、
テレビを眺めるソファ、

深夜に二人でブランコを漕《こ》いだ公園、

それらすべてにおれは彼女の断片を見て、ねえさんの形に継《つ》ぎ接《は》いでいった。

癖とか、においとか、膝のあいだに滑り込んできた時のやわらかさとか――おれの主観も混ざってはしまったのだろうけど、それでも構わなかった。

おれにとっての『ねえさん』はそこにいたし、親戚や友人の言うような正しい『現実』なんてしょせんその程度だった。

実存への反抗をやめようと思ったことは一度もなかった。

ひょっとしたら、愚かなことをしているという自覚すらも、ときどき忘れてしまっていたかもしれない。

ドーナツの穴の向こうにひょこりとねえさんが見えるようになったとき。

喪失を吹き飛ばすように、にかりと笑みを向けてくれたとき。

――おれが、どんなに嬉しかったか。

だっておれはねえさんのことが、

ほんとうに大好きだったのだ。

「もったいないことするよね、あんた。ほんとにもったいない」

堤を歩きながら、ねえさんの形を取った何者か——便宜上ねえさんと呼ぶことにしておく——は、心底残念そうに小石を蹴とばす。

「折角最高の思い出を繰り返してやってるってのに、昔から欲のない子なんだから」

時折見せていた生が欠落したような瞳の闇も、今は潮引いていた。

いつもの——気風よく、すばしこく、そしてずけずけとした彼女だ。

「ねえさんは、だれ？」

おれはわけのわからないまま、だけどそれだけを尋ねた。

「だれ、か。口説き文句にしちゃ随分ユニークね」

言葉を転がすようにねえさんはくつくつと笑う。

「揶揄わないでよ」

何だかむっとして、思わず昔のように子供じみた口調になってしまった。

ねえさんのにやつくような笑みがまた一段と深くなる。

「良いわ。答えてあげるけどその前に」

彼女は使用人を呼びつける令嬢のように、赤いサンダルを優雅に鳴らした。
すると舞台の暗幕みたいに周囲に闇が垂れこめ、
つぎの瞬間、おれは祖母の蔵の前に立っている。
「きちんと見ないとね」
姉はすらりとした体をはためかせ、すっとおれの目の前を横切った。
「わかってるよ」
おれはぶつくさぼやきながら、彼女の後を付いていく。
何だかこんな愚鈍なやり取りをすることさえも、久々な気がした。
蔵の中は起伏の少ない薄闇に満ち、黴と埃の匂いに包まれている。
「あ、あったあった」
ねえさんは自販機を見つけたかのような調子で、戸棚の前に立ち止まる。
棚にはねえさんの遺影と位牌《いはい》が無造作に置かれていた。
生前のねえさんが、ピース片手に満面の笑みで写っている。
沼津港の水族館に行った時に、おれが撮ったものだった。
それだけではない。
戸棚には、黒く額装された沢山の写真が、まるで記念のように飾られている。
白い目。黒い目。写真はみな一様に故人のものだった。

一年前に自殺した祖父の写真もある。そもそもうちにはまともな葬式がなかったので、家で行われるのはもっぱら法事もどきのようなものだった。『遺影』という概念をきちんと理解したのも大人になってからだった気がする。

あのときは、部屋じたいが薄暗かったことと、禁じられた蔵に入って極度に緊張していたことから、白黒の写真を生首と勘違いしてしまったのだろう。

だが、遺影が蔵の中に並んでいるだけでもじゅうぶん異様な光景なのは間違いない。警察が微妙な顔をしていたのも多分そのせいだ。それに——鈴浜さんの態度も、今考えれば納得できる。恐らく蔵の中に入り、その光景をみたことがきっかけでおれの家に対する疑念を深めることになったのではないだろうか。

そして、密かに調査を進めるために、おれたちにはそのことを隠したのだ。

「さっすがあたし。いい笑顔ねえ」

ぞっとしないことを言いながら、ねえさんは遺影をつ、と指でなぞった。

「これがあるから、あんたお葬式のあともここに来なかったのよねえ。あたしが死んだってこと、認めたくないから」

「どうして——」

「あたしはあんたのねえさんだもの」

ぱたん、と遺影の倒れる音がする。

「ずっと傍に居たんだから、それくらい知ってて当然」

ねえさんがその細い指で、写真の入った額を伏せたのだった。

「……いつから？」

「葬式の日。あんたのおねえちゃんが死んで、あそこであたしが生まれたの」

「それは……おかしいよ。ねえさんは、おれの頭の中だけの存在だったはずだ」

「そしてあんたはこう考えている。『ひょっとするとおれは遂《つい》に、完璧に頭がおかしくなってしまったのではないか？』ってね」

ねえさんは肩を竦めておれをみた。

おれの思考の平野はねえさんにとってとうに暴き尽くされたものだった。

戯画に主導権を握られるという奇妙な逆転がそこにはあった。

「どう。すごいでしょ、あたし」

彼女のすっきりとした面《おもて》には、何故か誇らしげな表情が浮かんでいた。

おれも倣って肩を竦めてみたが、どうしても不格好になってしまう。

こういう仕草も、昔から海外俳優みたいにさまになるのは姉の方だった。

どこからか、ねえさんはコップふたつと梅酒の壜ひとつを取り出している。

その内片方をおれに放って、自分は『おジャ魔女どれみ』がプリントされた方をくるくると指に引っ掛けた。

杯のなかには、ひとりでに蜂蜜色の梅酒が溢れてくる。
ねえさんはどっかりと蔵の床に腰かけ、コップをくいと小粋に呷った。
おれも倣って地べたに座り込み、勧められるままに酒を飲む。
「いいよ。あたしが誰か教えてあげる」
終わりがひたひたとにじり寄ってくる気配がしていた。
それは郷愁にも近い感情だった。
もっと、
もっと、ねえさんを、
もっと、ねえさんの美しい姿を。
そうしておれはねえさんを自分の中に作ったのだ。
ならば——今目の前で、酒瓶を傾ける彼女は。
「そ。あたしが『面取り様《めんとさま》』ってやつ」
ねえさんはおれを誘うように微笑んだ。
水底みたいに、どこまでも沈んでいきたくなるような笑みだった。

「じ」

彼女の——自称面取り様を拒絶するように、呻きが口から漏れる。

「……冗談じゃない。言ったでしょ、ねえさんはおれの……」

「まあ聞きたまえ弟くん。せっかちはモテないぞう」

面取り様は長い脚を伸ばして、器用におれのクツを踏んだ。

サンダルのヒールが足の傷痕に直撃する。

「……ねえさん以外にモテる必要なんてない」

すごく痛い。これは妄想じゃないのか？

この鮮明な感覚も、面取り様の口ぶりも、とても幻覚とは思えなかった。

面取り様は一瞬ほんとうにうれしそうに口許をほころばせた後、

「やれやれ」取り繕うように、肩を竦めて続ける。

「あたしはね、あんたとか、あんたのお姉さんとか（まあ、あたしなんだけど）、鈴浜さんとか、いろんな人の『死にたくない』が集まったかたまりなの。竜巻とか台風とかと同じ。つまり現象よ」

蔵にはわずかに月の光が射《さ》し込《こ》んでいた。

あいまいな輝きを蓄えて揺れる面取り様の髪は銀線みたいだった。

「全然わからない。それってさ、こんな感じでおれとキスしたり酒盛りしたりするものなのかな」

「意外と疑《うたぐ》りぶかいのね」

「だってさ、おれはまだ、心のどこかでこれが夢なんじゃないかって思ってるんだよ。だいたいその理屈だと、みんなの『死にたくない』が集まったら、泣いたり笑ったり、それに……エッチできるってことでしょ。おれはそんなのいやだな」

「でも理由がないものごとなんてない。あたしがあんたに惚《ほ》れたみたいにさ」

「ひどいな。詳しく聞きたいことが沢山あるんだけど」

面取り様はわざとらしく溜息をついた。

「べつに、あたしだって全部を知ってるわけじゃない。それに、鈴浜さんのことだったら、あんたもう気付いてるんでしょ。あんた考えるのはあたしよりずっと得意なんだから、きちんと物事を俯瞰《ふかん》してみれば」

「智慧《ちえ》？　こんなでたらめ相手にどうやって智慧を絞れって」

「だらしないわねえ。あんた、自分も他人も、都合のわるいコトに蓋してくれる癖があるじゃない。そうしなきゃ、人生やってられなかったのかもしれないけどね」

「何だよ、それ。鈴浜さんの考えてることなんて、何も……」

言いかけて、おれは口を噤んだ。

確かにおれは、彼女の考えていることは解らない。少なくともそう思い込んでいた。

でもそれが、面取り様の言うように、目を背けていただけだとすればどうだろう？

鈴浜さんは、『本家』の人間——つまり、雨鳥吾郎の親戚筋に当たる。

なら、彼女の祖母も当然吾郎の親戚で、鈴浜さんの年齢から逆算すると、鈴浜さんの祖母と吾郎はそう齢《とし》は離れていないはずだ。本人同士が接触していた可能性も十分ある。

だが、鈴浜さんは最後まで自身と自身の祖母の出自をおれに伏せていた。

そして彼女が繰り返した、『きみは悪くない』という言葉。

つまり、〝悪い〟ことをしたのは——もしかすると、吾郎の方なのではないか？


「いいわね。その調子よ」

面取り様が景気づけのように、コップの氷をちりんと鳴らす。


そう、雨取吾郎だ。彼の手記に度々出てきた『御参事』という言葉について、おれはずっと重大な勘違いをしているのかもしれない。

実相寺の妙法天狗は元より手足の快癒にご利益があると言われている。

だから当然、吾郎はかもの病を治すため、兼ねてから通っていた実相寺に『御参事』しているのではないかと考えていた。

だが、うちには寺との関わりはない。檀家《だんか》ではないのだ。

ねえさんの葬式には読経すら用意されていなかったし、祖母の家には一年前に自殺した祖父のための仏壇も見当たらない。

知識として知ってはいても、おれは実際に葬式というものを親族の間でしか体験したことがなかったから、それが本当に歪なことなのかを判断できなかったただが、蔵の中に乱雑に並べられていた遺影のことを思えば、鈴浜さんの狼狽《ろうばい》振りも理解できる。まともに生きてきた彼女にとっても、あの光景はきっと不自然なものだったのだ。

ならば、吾郎が日記に記していたのは、恐らく実相寺だけのことではない。

かもの治癒祈願のために、寺に通うようになるずっと以前から吾郎は何処かへ『御参事』をしに行っていた。また、日記では富士に製紙工場を誘致した直後に、その子爵と『御参事』をしたとも綴《つづ》られている。

だが、普通に考えて、初対面の人間としなければならない「お参り」とは何だというのだろう(しかも寺ですらない)?

寺ではないが、「お参り」の対象となるほどに、敬意を払われているもの。

――そうだ。『めんとりさま』に決まっていた。

おれは、しなやかな体をまるめて胡坐《あぐら》をかくねえさんの眼《め》をのぞいた。

まるで生きているかのように、鮮やかな瞳の色だった。

「しっかりしてよ。あたしはずっと、ずっと昔からあんたの傍にいたのに」

「おれの……」

「そ。あたしの葬式のとき、面取り様《あたし》はあそこにいて、あんたに潜り込んだ。あたしが生まれてから（この言い方もへんだけど）放り込まれてくる獲物をぱくぱく食べるだけでさ。そしたらたまたま、ほんとうの希死を持ったあんたと出会ったの」

『めんとりさま』は蔵にいる。

ねえさんの言い草を無視しても、おれが鈴浜さんに蔵に放り込まれて、あの闇と遭遇したことを鑑みると、それはどうやら確かなことらしかった。

なら『御参事』によって『めんとりさま』に近付けられた人間はどうなる？

おれは祖母の瞳に巣食っていた闇を思い出した。

吾郎は日記で、何度も『御参事』をしている。

だが、その後彼は肺を病んだかもを連れて共に東京に駆け落ちした。

「……ずっと、気になってたんだ。ここまでの仮説が全て正しいとして、どうして吾郎だけは『めんとりさま』と接触しても無事なのか——答えは単純だ。たぶん彼は、めんとりさまに会っても大丈夫な人間だった。そうでしょ」

ねえさんは片眉をぴくりと上げた。

おれは思考の糸を手繰り寄せるように、間断なく口を動かし続ける。

「だから吾郎は、『めんとりさま』に人間を連れて行く役目として『御参事』を行っていた。家に利益のあることなのか、誰かから頼まれたのか、その両方なのかは解らないけど――とにかく沢山の人を殺したんだ。お姉さんが病気になって、どうしてか家を飛び出すまで。でも、かもが死んで、吾郎は結局東京からこの家に戻って来てしまった」

そこまで言い終えたところで、気付いた。

吾郎はおれと似ている。似すぎている。

まるでおれが吾郎を再演させられているように。

そして、彼がこの家の中で担っていた役割とはつまるところ――

「おれに」

思わずグラスを取り落として、ねえさんの肩を摑んだ。

「『めんとりさま』に会っても平気なおれに、生贄《いけにえ》を捧げる役割をさせようとしてたのか。吾郎と同じように」

ねえさんは悲し気にうつむくばかりだった。

「従うわけないだろ！　そんな――」

「あたしが自殺しかけた時のこと忘れたの」

がつん、と頭蓋をかち割られるような衝撃が走った気がして、たたらを踏む。

「あいつらは『めんとりさま』の為なら何だってやる。解るでしょ。あんた、ずっと見ないふりしてただけよ。ガタが来てたの」


『これでうちもまた安泰だな』

『蔵のお陰様ねえ』

『お役目も見つかりましたからねえ』

『葬祭の人にもお礼を言っておかなくてはいけませんし』

『姉と弟が生まれたのは僥倖《ぎょうこう》でしたな』

『あちらの方は壊れてしまいましたし――』


ぐらりと、自分を支える軸が傾《かし》いだのをおれは感じた。

薬を何十錠飲んでも眠れなかったあの日を思い出す。

芯から撓んで、もはや戻ることはない。

うちが普通の家？　ちがう。

おれは最初から気付いていた。ただ目を逸らしていただけだ。

——本当に行かなきゃならないのかな？

おれは胡坐を掻いたままへたりこみ、そのまま床に伏せた。

あんなに望んだ顔なのに。

もう今は、ねえさんを——『めんとりさま』を見たくなかった。


「父さん」

ぽつりと言葉が滲《にじ》み出《で》た。

親族が『めんとりさま』を制御しようとしていたのなら、おれよりも前の代の『御参事』をする人間を探さない道理がない。

つまり、おれたちの父と母だ。

母が毀れていたのは、『御参事役』として『めんとりさま』に耐えられなかったせいだ。彼女がうちに籍を入れたのも、恐らくは兄を失っているという吾郎に近い境遇を見込まれてのことなのだと予測がつく。

だとすると、父さんは母を人質にされて、家に立ち向かう意志をなくしたのだろうか。

かつてのおれがそうだったように、

彼もまた、あの闇の因果に翻弄される道具でしかなかったとするならば。守って欲しくなかったと聞かれれば、嘘になる。恨んだことも数知れない。けれど、ただ哀れだと、今はそう思う。


「どうすれば、いい、ですか」

おれは丸まったまま、彼女の手を拝むように握り締めた。ただ無様に、懇願することしか思いつかなかった。

「終わらせたいんです。何でもします」

嗚咽《おえつ》が漏れていた。

「……お願いですから、もう止めにして下さい」

「だめよ」

ねえさんの憂いを帯びた声だけが優しく響く。

「ねえ、覚えてる。雁堤の人柱のこと……あたしとあんたで調べたじゃない。ああもう、そんなにしょげた顔しないで。ほら、洟《はな》も拭きなさい。普段はあんなに恰好《かっこう》いいのに、ひとの為ならそんな顔もできるのね。好きよ。大好き」

ねえさんはおれの顔をついと持ち上げて、軽く頬にキスをする。

愛《いと》おしむように、何度もおれの涙を唇でついばんだ。

薄荷の匂いは、今はもう遠い。泥と血と骨の香りがする。

それは濃密な死の香りだった。

「彼らがどうしてじぶんから身を捧げたか、理解《わか》る？　あたしが彼らを、もう生きたくないって、そう思わせちゃった。でも仕方ないわよね。あたしはそういうかたちでしかいられないから」

ねえさんの声は耳を素通りし、胸に空いたうろにぽっかりと反響していった。

おれの頭は、地滑りを起こしているみたいにずっと鳴り響いている。

「そうそう。探偵さんにご褒美をあげないとね」

言葉が、蛇のように。ぬるりと耳朶《じだ》を割って入り込んでくる。

「吾郎はね。東京から帰ってきたあと、ええと……自分に『御参事』を命じた本家の人々を、あたしに殺してくれって頼んだのよ。で、彼に頼まれたから、あたしはそうした。それでおしまい」

とん、とおれの額にほそやかな指が当たる。

「でも、末の子だけは見逃した。殺せなかったのか殺さなかったのかはわかんないけど、ただの『めんとりさま』だったころのあたしはそう頼まれた」

声は脳漿《のうしょう》に絡みつき、糸のようにおれの意識を縛りつけて離さない。

「ここまで言えばわかるでしょ？　鈴浜さんのおばあちゃんってその子よ。だから多分あのひと、あたしたちを止めようとしたんでしょうね。まだきちんと『めんとりさま』のこと解ってないあんたを殺せば、何とかなるって思ったんじゃない」

鈴浜さんの声が、胸の内に蘇《よみがえ》り、何度も反響する。

何があっても、きみは悪くない。

きみは。

どん、と蔵の天井から物音がした。

振り返る。

蔵の闇を視界が捉える。

誰も居ない。

床には木製の脚立が転がっている。

きい、きい、と天井から音が聞こえてきた。

目を凝らすと、結わえられたロープが無人の絞首台のように揺れていた。

縄の下には鈴浜さんのものとおぼしきハイヒールが揃えられている。

おれには解った。

「あーあ。ざまーみろ」

……そこに、

誰かが、いた。

弾かれるように、目の前の女を押し倒した。獣のような唸《うな》りが聞こえる。

むちゃくちゃに叫んでいる誰かの声。

おれの声だった。

「なんで！」

「あたしに聞かないでよ。ここに何回か来たら、みんな死ぬわ。あんたがあたしの世界に来てから、時間が全然経ってないってわかる？　あんた今、あの女が死ぬところ見てるのよ。今更じたばたしたって無駄」

『めんとりさま』はつまらなそうに呟いて、おれに手を伸ばす。

「ね、それよりも話のつづきをしましょ。あたしあんたとまだまだ——」

「口を開くな」

面取り様は小さく眉を顰めた。

「はあ？　何その態度」

「殺す」

おれは姉の形をした肉を押し倒し、首筋に両手をかけた。

「あの人の顔で、そんなことはさせない」

殺さなければならない。こいつの——面取り様の存在は、姉への侮辱だ。

面取り様は表情を変えない。ただおれに押し倒されるがまま、

「仕方ないわね」

溜息をついて、おもむろにおれに手を翳《かざ》す。

こきりっ

という

音を

立てて視界が反転した。

Dear my Sisters

もう、なにも感じない。

おれの官能はあの地下室のときと同じように拡散していた。

世界は——光の、星空の、息遣いの、あらゆる複写をやめていた。

たぶん祖母の家に来た最初の日から、世界はもうねえさんによって誤魔化されていたのだろう。この二十メートル四方の闇の矩形に、おれの記憶と願望を投影して、リアリティをかたちづくっていた——つまりこの空間はねえさんのものだ。あのやけに鮮明な日々は、全てただの演出だった。

二人でみた線香花火も、

エアコンの利かない駄菓子屋も、

岩本山の梺の向日葵畑《ひまわりばたけ》も、

すべて、おれから吐き出されたものだ。

ねえさんの仮面を取った、面取り様の腹の中で。

今にして思えば、雁堤《かりがねつつみ》の名前の中で、最初から答えは明かされていた。

借仮名《かりかね》。

人の記憶を食う『めんとりさま』には、たしかにその名が相応しい。

「な」の子音が「ね」に変わる富士風の訛《なま》りだ。祖母もそのような喋り方をしていた。

『めんとりさま』が記憶を食べるのならば、おれはまさにうってつけの餌だったのだろう。彼女はねえさんの葬式の日からずっとここに潜み、そして、もう一度——妄想の仮面をおれが捧げに来るのを待っていた。

この世の何よりも精巧な仮面。

煮えたぎるほどの情で鞣《なめ》され、おぞましいほどの念で裏打ちされた、『おれのねえさん』という銘の仮面。

彼女が現象というのなら、きっとそこに意思はないのだろう。

おれたちが死にたくないと思う。それだけで、彼女はそこにいる。

……本当に？　人間の意思は、そこまで強いものなのだろうか？

「『死にたくない』を舐めるなよう、このバカ弟」

ねえさんの揶揄うような声が聞こえてくる。
もう何もかも、どうでも良かった。
だって、おれたちの想いにどんな意味があるのかな。
全部があなたに絡めとられるなら、何もかも無駄だったのに。
家族には認められることもなかったし、
結局ねえさんはおれを置いて先に逝ってしまったし。
鈴浜さんだって、死んでしまう。
どうしてあなたはおれを喚《よ》んだの？
めんとりさまがそうしたいの？
それとも、ぜんぶがただの現象なの？

「あんた相変わらず頭でっかちねえ。
いいかい、聞きたまえ。
死ぬってことは、
『死にたくない』がなくなることなのよ」

それが、未練？

「そ。自殺するのってそういうことでしょ」

祖母が、死ぬ前の祖父はまるで幽霊のようだったと語っていたのを思い出した。ねえさんが教えてくれたのだ。それもきっと面取り様がやったのだろう。存在意義を夢の中で満たして、生きるための理由を完全に瓦解させる。

おれがあの夏の中で過ごしたように。

面取り様の真っ黒い眼は多層的な闇の拡《ひろ》がりを持っていた。誰かの瞳が、虚空を目指し二度と動かないたぐいの瞳が、何千と塗り込められ透明な化石となっているようにも感じた。

面取り様は一体、いくつの人生を呑み込んできたのだろう。

昔から、望まないのに人の記憶を食べたり、逆に人間に勝手に使われたり。

そう思うとふいに、やりきれなくなった。

「そんな悲しい顔しないでよ。あんたが来るまで、あたしはただみんなを見てるだけだった。でもあんたが見てくれたから、今は……」

面取り様はそう言って、肩を竦めた。

〝自殺させた〟と自嘲する様すらも、おれが思い描いたねえさんそのものだった。当然だ。彼女はおれのせいで産まれたのだから。

面取り様はだれかの生きる意義を求めてさまよう。どんな風にも化ける面、すなわち化面によって意義を取られた人間は──トランプカードで作った塔の最底の一枚を抜くように──どれだけその上に記憶と経験を積み重ねても、あっけなく人間性が崩れ去る。

表面上は取り繕うだろう、人格の塔が完膚なきまでに瓦解するその時までは。

それでも、最後には加わってしまうのだ。

あの暗闇の一滴に。

「あんた、昔っからこういうことはホントに頭まわるのね──うん、あたしはひどいことをしたよ。それもほんとうにたくさん」

思い出す。

祖母の家で営まれたねえさんの葬祭には、たくさんの人が来ていた。

そうだ。

おれたちの知らない親戚。

あれはねえさんではなく、彼女を産んだ家の方に用向きがあったのだろう。表向きの接触が弔いの場ならば怪しむものはない。

たとえそれが馬鹿げた〝殺し〟の頼みであっても。

本来は不要な遺影を用意したのも、そういう偽装の向きがあったのかもしれない。そういうやり方の〝変わった家庭〟だと対外的に理解させてしまえば、関わる者はずっと少なくなる。それはかつて、おれとねえさんが『めんとりさま』のことを外に漏らせなかった理由でもあった。

第一おれが今みている光景のように、蔵そのものが現実と幻想の境目にあるとしたら——誰もその最奥まで踏み込むことはできない。

きっと蔵を調べた警察には、この家の本当の姿など見えていなかった。

だから、祖母の家が商家として栄えたというのも空々しい話なのだ。

蔵の地下に眠る面取り様の力を使ってことを進めたとすると、事実が完全に符合する。

「そう。もっと言えば、おばあちゃんの家の地下室に面取り様があるんじゃなくて——面取り様があるところに家を建てたってほうが適切。ま、理屈はわからないけど何だって起こるわよ。あたしとあんたが愛し合ったみたいにね」

ねえさんは小さく笑った。

「最後に、良いこと教えたげるわ。吾郎が無事だった理由ね——お姉《あ》さん《たし》の、かもさんのことを、人生全部投げ出せるくらい好きだったからよ。お姉《あ》さん《たし》を、あんたを、お姉《あ》さん《たし》に。それぞれ依存させて、思いをどろどろのぐちゃぐちゃにさせて、あんたみたいな子を作るの。家族も、恋人も、親も、もちろんきょうだいも、とにかく全部混ぜて、それなしじゃいられなくさせる」

肉親の不自然なまでの無関心。

伝承との生かさず殺さずの奇妙な距離感。

公然と行われる迫害。

それに反比例した、直接的な被害の寡《すくな》さ。

そして、開けた未来を収穫するように、

突然にもたらされた別れ。

「みんな、生《い》け簀《す》のなかにいたの。あんたは唯一無事に育った魚ってとこね。お姉《あ》さん《たし》はあんたを育てるための餌かなあ。誰よりも会いたい人がいれば、『死にたくない』がなくなっても、死なずにいられるわ。

あんたは、吾郎以来の成功例なのよ。

会いたいと思うことが何よりも大切だよ……なんてね。

たとえあんたのお姉さんが死んだって、あんたは自分の中でお姉さんを組み立てちゃったんでしょ？　だからもう、あんたは大丈夫になっちゃったの」


得体の知れない感情に突き動かされ、四肢がゆっくりと震え始める。

鈴浜さんは正しかったのだ。

やるべきことをやった。

大人として、一人でこの状況を何とかしようとしていた。

なんだ。だって、それじゃあ、おれは。

一族の思い通りに、面取り様に会っても大丈夫になってしまったおれは。

そして現実では、何の力も持たずに道具になるしかないおれは。

――ぜったいに、死んだ方がいいじゃないか。

「だめ」

面取り様は鋭く言った。決然とした響きだった。

「それ以上は言って欲しくない。あたしはあんたのお姉ちゃんなんだから。だから、だめ。それ以上言ったら引っぱたくわよ」

顔をあげた。

声の調子とは乖離《かいり》して、面取り様は泣きそうだった。

はじめて彼女の貌をちゃんとみた気がする。おれにあんまり似ていない。

涼やかなのに愛嬌があって、笑うとくしゃりと崩れる。

なんだか綺麗に過ぎておれは参ってしまった。

おれは、この人を泣かせてしまったんだなとぼんやり思う。

もう、蔵の景色は闇に溶けていた。

生きることを諦めかけているおれも、ゆっくりとその闇に影が沈んでいく。

「……面取り様は自分が贋物《にせもの》だって、そう思うの？」

「……あたしは、そうね」

面取り様は、心底悔しそうな顔で言った。

〝現象〟に似つかわしくない、情緒豊かな表情だ。

「あんたの妄想を被った、ただの現象よ。どう頑張っても、あんたの好きだったほんとうのねえさんにはなれない」

「じゃあどうしてそんな顔するのさ。いったい何がしたいのさ」

「あんた――」

そんなこともわかんないの、と――面取り様は闇に溶けゆくおれを抱き留めた。官能が輪郭を思い出して、おれは幽霊みたいにぼやっと現れる。

光は亡い。命はない。

「あんたが、好きだからに決まってるでしょ」

その中で面取り様《ねえさん》だけが、現実としてたしかにそこにいた。

「ここはあたしの世界。記憶だって消してあげる。あんたの望む夏をいくらでも創ってあげる。だから、行かないで。あんな情のない人たちのところにあんたを、あたしにいのちをくれた人を帰したくない」

面取り様はおれにしがみついたまま呟いた。

「非道いところよ、外は。あんたは……もう、じゅうぶん頑張ったじゃない」

参ったなと思った。すぐにでも彼女の言うことに従いたい。

なかなかこんな風に言ってくれる人間はいるものじゃない。

それこそ、家族でもないかぎり。

「あたしたちが出会ったことに意味がないなんて言わせない。あんたがあたしを好きでいてくれたから――あたしの分の墟を作ってくれたから、一緒に夏を過ごすことができたの。だから、お願い」

ずっと、ここにいて。

面取り様の生白い身体は彫像みたいに綺麗だった。

二人の姉がくれた色々なものが脳裏をよぎってゆく。

街ゆく人々に恋人と間違われるのは面映《おもは》ゆかった。
家では大学の課題にうなるねえさんの横顔をつついた。
おれは手の甲をシャーペンで刺された。
でも、その手を繋いで帰るだけでしあわせだった。
だから、またねえさんに会えたとき——おれはもう死んでも構わなかった。

もう一度、面取り様がくれた色々なものについて考えてみる。
とろろろという風の音がきこえる。
……そうだ。これは、風の音でもあり、海の音でもあったのだ。
ねえさんが最期に、誰も触れることのできない水底に沈んだときの音。

顔のない夏は語り尽くされた。面取り様はかわらず闇の底に佇んでいる。
おれの幻想は濫費され、改竄され、永遠の夏休みとしていつまでも続く。
もう、あの家に戻らなくても良い。
おれは死のよどみの頂上に捧げられる宝珠としてここにやって来た。
そして、概ねその筋書き通りになった。
ここから生きて帰ったとして、雨取吾郎のように『めんとりさま』に耐性のある人間として親戚に使い潰されるのがおちだ。
妄念の霧が晴れたいまならばよくわかる。
現実こそがおれにとっての蔵だったのだ。
ならば蔵を現実にしたって誰からも文句はいわれやしない。ねえさんの言う通りおれ
はそこそこ努力したし、たぶん、もがいて未来を摑もうとした。
でも、おれたちはしくじってしまった。
立ち上がってやり直そうにも、おれにとっての安らぎは永遠に失われている。
だからもう、休んでもきっと大丈夫なのだろう。

けれど、それは——自分を信じていない人間の答えだ。

彼女がおれに手を伸ばす。
皓《しろ》い指先がただ一つの光のように、
触れようとして、
おれはその手を振り払った。
面取り様が息を呑む音だけが小さく響く。

仕方ないことなど何一つない。

おれはいつでもねえさんの残してくれたものを信じている。

このまま夢に沈んだら、死んでも死にきれない。

それはきっと、雨鳥吾郎と同じ末路だ。


おれはまだ、何か――たった一つの、冴えたやりかたを遺せるはずだ。


面取り様は真っ暗い瞳でおれを見据えた。

「あんた――」

「おれを騙《だま》した」

自分でも驚くくらいつめたい声が出た。

「違う。こうでもしなきゃ、あんたは」

「鈴浜さんを殺した。おばあちゃんも狂わせた」

「……あのねえ」

「ねえさんの思い出を使って、おれに媚《こび》を売った。恥知らずだ」

「だから、違うってば」

彼女の笑みが、卑屈なものに変わった。

「じゃあ、本物だとでも言うつもり？　おれの目の前で？」

手が震えていた。声が上ずる。

面取り様はかわらず首をかしげたままだったが、
不意にすこしだけ、口許を歪めた。

その一瞬。

おれは木製の脚立を摑み、そのまま面取り様が止めるよりもはやく、蔵の中に並んだ壜に向けて叩きつける。

がしゃん！

劣化した脚立は脆《もろ》く、根許からばきりと砕けた。

面取り様は弾かれたようにおれの方をみた。

「あんた、まさか」

今度は、彼女の声が震えている。

「言ったじゃん。詰めが甘いんだって」

本物じゃないのに、同じくらいおれのことを懸命に呼ぶから切なくなる。

自分の命の使い途くらい自分で摑み取りたかった。

それに——立場が逆なら、ねえさんもきっとこうしていただろう。
だから、この選択に後悔などない。
面取り様の手が、目が、おれに届くよりも早く。
おれはじぶんの首筋に、折れた脚立——その鋭い木片を添えて、

「ぅ、ふ」

祈るように突き刺した。
弾力のある脂肪をかき分ける手応えと共に、絡んだ血管ごと頸動脈《けいどうみゃく》を力任せに千切る。
声が出ない。空気と噴き出した血が混ざり、視界が傾いだ。
視界に映るおれの血の紅が、急速に色あせつつある。
最期の息が漏れた。風がやみ、闇にはもう慣れる。
全ての感覚があいまいになる中で、鮮やかな痛みだけが傷に集縮していく。
おれはただねえさんに会いたいと思った。

『藤枝市で男女二人死亡　長男は行方不明に』

静岡県警は、今月23日に静岡県藤枝市の男性（49）が死亡し、県警が事情聴取のため保護していた配偶者の女性（44）もその後死亡していたことを24日、発表した。男性は自殺とみられる。また配偶者の女性は以前より精神的に不安定な状態にあったとされ、県警は心中の可能性を視野に入れて捜査を進めている。

本町署などによると、23日午後4時ごろ、配偶者の女性による「夫がドライバーで自分の目を突いた（原文ママ）」との119番通報があった。男性の遺体は激しく頭部が損壊しており、現場で死亡が確認されている。

なお同署で保護された女性は、聴取中に嘔吐《おうと》し、市内の病院に搬送されたが、24日に死亡が確認された。病院によると猛毒のシアン化カリウム（青酸カリ）などを摂取した際に酷似した症状がみられたという。

夫婦の長男（20）も富士市付近で行方がわからなくなっており、警察はトラブルに巻き込まれた可能性があるとして広く市民に情報を求めている。

長男は身長約1メートル80、やせ型。袖を折り返した白地と紺色の縦縞《たてじま》ストライプ柄のシャツ、黒色の半ズボンに白色のスニーカーをはいていたという。情報提供は富士警察署（075・667・△△△）まで。

（静岡日報デジタル　20××年　8月24日　17時36分）

Memento-mori Summer

おれは祖母の家の縁側に一人で座っていた。蝉の鳴き声がやかましい。

ふと左隣を向くと、浴衣姿の青年が猫背になっておれを見つめている。

ふわりと樟脳と薄荷の香りがした。

彼はすこし姉に似た目許を細めると、ねむたげに首を振る。

「お前。自分から死んでなり替わったな」

おれは自分で掻き切ったはずの首筋に手を添えた。

「わからないけど、これしか思いつかなかった」

そこにはもう、ゴムボールを裂いたようなうろだけしか残されていない。

「面取り様が死の塊みたいなものならさ。そいつに殺されるんじゃなくて、自分の意志で死ねば、〝おれ〟を保ったままその中に入れるのかもってさ」

だから、面取り様の中にいた彼のことも理解できる。

「お互いに、もっと早く死ぬべきだったんだよ。雨取吾郎」

「その名前は捨てた」

そう言って、彼は退屈そうに庭に敷き詰められた玉砂利を蹴る。

「今は形部《かたべ》だ」

おれのご先祖様は、ねえさんに似て随分と横柄な奴《やつ》だった。

自死する前のおれなら事態の元凶である彼に対して不平の一つや二つも言っていたのだろうが、今はもうどうでもいい。

面取り様になって、驚くほどにじぶんの情動というものがなくなっていた。

たった一つの死ぬ理由――ねえさんに会いたいという願いだけを携えて、面取り様に命を差し出した。だから、おれはそれだけになった。

ドライバーを自らの眼窩《がんか》に突き立てる父の腕にそっと手を添えた時も、猛毒である青梅の種を泣いて胃《い》の腑《ふ》に放り込む母を眺めていた時も、悲しかったのに、それを単なる事実としてしか受け取れなくなっていた。

彼らが最後に生きる理由にしていたのはよりによっておれ本人の姿だった。

だから引っこ抜いて殺してあげた。それが面取り様だからだ。

伯父も、叔母も、祖母も、従姉妹《いとこ》も、
みなこの世に生きる理由や意味があると信じていた。

そして死んだ。というよりは、おれが全員殺した。

おれの作り出した〝ねえさん〟が、ひと殺しをしなくて済む世界。

おれが面取り様になり替われる世界。

〝ねえさん〟を誰一人脅かさない平穏な世界を。

おれが望んでいたからだ。


「だが、ここにお前の求める人間はいなかった」

吾郎は立ち上がって言った。こいつの言う通りだ。

ここに——面取り様の中に、ねえさんはいなかった。

ねえさんは本当にただの飛行機事故で死んだのだ。面取り様に殺されたわけじゃないから、ここにいる道理もない。それでも。

「おれは最後まで信じたんだ。ねえさんに会えるって……だから、それはもう良いんだよ。それより、貴方がここにいる理由の方がわかんないけどな」

「僕か？」

彼は気だるげに長い髪を掻き上げた。

「それは、僕が死の間際に面取り様の所に赴いたからだ」

「何だってそんなことしたのさ？」

「お前と似た理由だよ。面取り様に殺されれば、かもに会えると期待していたんだ。どのみち、鈴浜絹代から盛られた薬で僕はもう永くなかった」

「なんだ気付いてたんだ。なら貴方は、鈴浜さんのおばあちゃんに殺されるのを受け入れてたってことか」

「そうだよ。心のどこかで裁いて欲しいと思っていたんだ。面取り様に頼んで鈴浜絹代を残して雨鳥の家の人間を皆殺しにしたことを」

「腹いせに？　勝手なご先祖様だなあ」

「全くだ」

吾郎はくつくつと昏《くら》く笑って、猫背のまま立ち上がった。

「他の奴らより多少意志が強いから、人のかたちのままでいられたんだ。でも、僕の願いはもう叶いそうだ。これでやっと休めるよ」

そう言って、彼は蔵の方へとひょこひょこ歩いて行く――そして戸の中に消える寸前に、おれを振り返って呟いた。

「お前は料理が巧《うま》い。少しだけかもと似ているよ」

そして、おれのご先祖様はいつのまにか闇の中に消えていた。

何だか不思議な奴だった。もう少し話すべきこともあったような気がしたが、これでじゅうぶんだという感じもする。そういう所は、少しだけあの人と似ていた。

おれは樟脳の香りを払って縁側から立ち上がる。

まだ、さよならを言わなければならない相手がいた。

+

面取り様——というか今となってはただのねえさんだが、彼女は台所にいた。

「ただいま」

おれが挨拶すると、面取り様は無言で顔を上げた。

泣き腫らしたのか目が真っ赤だ。生きているという感じがした。

おぶってあげようかと提案したが、彼女は「いい。自分で歩ける」とおれの手を振り払った。今のおれにはそれが良いことなのか悪いことなのかという判断もつかなくなってしまったけれど、それでも自分の願いが叶いつつある事実だけは理解できた。

おれたちは家を出て、しばらく二人で歩いた。

坂道を無言で下っていると、ふいに彼女が口を開く。

「一人は嫌。あんた、やっぱり非道《ひど》い男ね」

「おれだって、それ散々思ったよ、でも今日まで生きて来たんだぜ」

おれは笑った。笑う必要があると思った。

「終わらない夏休みでなにが悪いの」

「優しいね。誰に似たのかな」

そうだ。あの夏のすべては最初からおれの手の内にあって、今でも思い出すことができる。比喩ではなく自身がそういう存在になったから言える。

「終わらないモラトリアムに放り込まれるのは投獄と変わらない。どこにも行けないのは、もう、生きてる間だけでじゅうぶんだ。そうでしょ？」

彼女が息を吞んだ。

「鈴浜さんはおれが何とかする。だから、あんまり怒らないであげて」

本心からの言葉だった。

おれの一族の来歴と仕打ちを知っていれば、面取り様なんてものをどうこうできるおれを殺そうという思考に行きつかない方がおかしい。

ましてや鈴浜さんは直接被害を受けた側なのだから。

もっとも、その言葉は面取り様にとって何ら慰めにならないようだった。

「ごめん。ごめんね」

「何が？」

「あんたを人殺しにさせちゃったんでしょ」

「昔から面倒事はおれの役目だ。気にしなくていい」

あるいは、それを彼女と共に悲しむための心がとうに砕けていることこそが、おれが背負った最大の罰なのかもしれなかった。

それでも——おれは、彼女を信じてみたい。

「これは受け売りなんだけどさ」

多分、昔のおれはそう願っていた。

「……会いたいって思うことが、一番大切なんだって。その人が空の上だろうがどこに居ようと、そう思うこと。たぶんそれが信じるってことで、ねえさんもきっとそうしようとしてたんだろうな」

「信じられるの？　なんで？　あんなに裏切られたのに？」

なんで。なんで、か。

まさかおれが彼女に困惑される立場になるとは、思いもよらなかった。

「夏は終わるものだよ」

おれは面取り様の目尻に流れる涙を拭ってやった。

「でも、季節は続くんだ。おれはそう信じてる」

あの永遠に続くかもしれなかったバカンスのなかで、
それでも日々を摘めと彼女はいった。

たぶんそれがねえさんの最期の言葉、おれにとっての形見《メメント》なのだろう。

思い出せば、ねえさんの形を、いつでも瞳の底に見ることができる。

「形見《メメント》かあ。いいね、そんな感じだ」

「あんた——」

「ねえさんは」

遮って、おれはねえさんをそっと抱き寄せる。

「誰の代わりでもない」

そのまま覆いかぶさるように口づけた。

うすい唇を割りひらくとやっぱり梅の香りがして、おれは哀しくなった。

さよなら、世界で一番の姉貴。

大好きだったよ、ありがとう。

おれのねえさんでいてくれて、ありがとう。

だから、できることならさ——

目が明《あ》いた。

いってしまった弟とおなじコンテクストを使っているということ。それを覚えているということ。そして今ひとり、薄暗い蔵で、光がにじり寄るのを感じているということ。

たぶん、あたしは面取り様から不純物として弾き出されたのかもしれない。

そしていまは、もう面取り様とも繋がらず――ただ存在しているだけ。

あたしは借り物みたいな感覚を起こした。

自分をひらいて、ゆっくりと立ち上がったところで、

「……彼がやったの？」

呆然《ぼうぜん》とした表情の鈴浜さんと目が合う。

彼女は生きていた。というより、こちらも間違いなく弟が生かしたのだろう。

床を見ると、粗く千切れたロープと鴉の死骸が落ちている。

死骸の瞳には、煮えたぎる星空のような闇が広がっていた。

星空だ。そう。あいつと見上げたのも、こんな空だった。

やるべきことは、もう解っている。

「きみだったのか。かれがずっと、見ていたのは――」

言い終わる前に、あたしは思い切り彼女の頬を張った。

鈴浜さんがよろめく。

鋭い打擲音《ちょうちゃくおん》が響くが、あたしは歩みを止めない。

ふらついた襟元を引っ張って立たせ、さらに二発平手打ちを叩き込んだ。

華奢《きゃしゃ》な体が蔵の壁に打ち付けられ、くずおれる。

「あたしの恋人を殺した分は、これで貸し借りなしです」

あたしがそう言っても、鈴浜さんはうつむいたままだった。

「全部知ってるんですよね。弟に何が起こったのかも解るでしょ」

鈴浜さんは、隈《くま》の浮いた目を押さえ、「謝罪させてほしい」と呻いた。

「医者として、誰かの命を奪うようなことなどすべきではなかった。ずっと、君たちじゃなければ、どれだけ良いかと思っていたんだ！」

叫びと共に、彼女の顔から、眼鏡がぽろりと剝がれ落ちた。

「一生かけても償えない。だからいま、私を――」

「あいつは、笑って死にました。あたしのために。きっと鈴浜さんのやろうとしてたことも、ぜんぶわかってたんだと思います。面取り様をどうにかできるような人なんて、いないほうがいいんだ」

沈黙が落ちた。

鈴浜さんは生きるための脚を失ったようにその場にへたりこんでいる。

「惨めったらしい。人殺しの大人の理屈なんて、知りませんよ」

あたしは吐き捨てた。鋭く息を呑む声が聞こえる。

実際のところ、鈴浜さんの判断は正しかったのだろう。

『めんとりさま』は封じられるべきものだったし、彼女はやるべきことをした。弟もそれが解っていたから、自らの死を受け入れたのだろう。

「……弟から、伝言です。あんまり怒らないであげてって」

「そんなの」

「──有り得ないですよね。知ってます。だからあたし貴女を許しません」

あたしは鈴浜さんにUSBを投げ渡した。

弟が『自分に何かあった時の為に』とあたしに持たせていたものだった。

「これは、弟くんの」

あたしは頷いて、

「どう使うかは、任せます。つまんないことしたら呪うから、そのつもりで」

釘を刺された鈴浜さんは、大人でも医者でもない、ただの疲れた少女のように見えた。

弟なら、なにごとかを言って慰めたかもしれない。

だけどむかついていたので、あたしは何も与えてやらなかった。

「お医者さん、続けて下さいね。弟のためにも」

呆然とへたり込む彼女を残して、あたしは蔵を出ていく。

何年か苦しんだあとに、せいぜい自分が弟を救ったことに気付けばいい。

＋

祖母の家は呼吸をとめたみたいに静まっている。

もう、祖母はいない。きっとあの蔵の中で死んだのだろう。

面取り様という無慈悲な法則に巻き込まれただけだ。

本質も、ましてや理由すらも存在しない。ただそこに佇み命を刈り取っていく。弟が命がけで手に入れたお目こぼしで生き延びただけのあたしができることは何もなかった。

それこそ、冷たい星に手が届かないように。

最低の気分だった。あの子は本当にばかだ。

「ねえ、」

あたしは、弟の名前を呼んだ。

〝ねえさん〟が死にあいつが現実を克《こ》えようとして、遂に死ぬまで口にすることはなかった名前。忌み嫌い、ただの〝おれ〟として生きようとしていた。


ふいに涙が溢れてくる。

あたしは知ってしまった。

うなじや背中に頬をこすりつけるとどんな暖かさとにおいを返してくれるか。悪戯《いたずら》っぽい笑みをつくると、どんな風に視線が忙《せわ》しなくなるか。

もう、一人では――闇の亡い、陽の当たる道さえも歩けない。

あいつは、あたしのたった一人の弟は、なんてことをしてくれたんだろう。

これじゃ死ぬより辛いじゃないか。

最後に遺ったのが、妄想から生まれたあたしだなんて皮肉にもならない。

暑い。流れる涙が蒸発していく、この感覚すらも新しい。

なにか飲み物がほしかった。


台所に行くと、弟が死んでいた。

首もとに木片を突き刺したまま眠るかれは殉教者のようだった。

あたしは弟に長い口づけをして、舌を割り開いた。

なつかしい血の味がして、涙が溢れてくる。

＋

随分ながいこと彼のそばで泣いていた気がする。
あたしは涙を拭かずに、台所からやっとのことで離れた。
彼はやるべきことをやった。
あたしも、歩き出さなくてはならない。
『めんとりさま』となってしまった、かれの傍にいよう。
あの蔵を守るのだ。いつかあたしが、弟と同じところに行くまで。
……辿り着いたなら、あの子はあたしを抱き締めてくれるだろうか。

まだ、夜は深かった。
あたしは持って来た梅酒の壜をあけ、ぱちぱち爆《は》ぜる炭酸水で割る。
そのままグラスを持って、赤いサンダルを突っ掛けようとしたとき。
――足の甲に、種みたいに盛り上がった火傷の跡が見えた。
これは、あのときの線香花火が貫いた傷だ、と思う。

弟のからだに穿たれた、星粒のような疵《きず》。

なぜ、この傷だけを遺したのかと思って。

そのまま、流れるように、上を見て。


満天が、ぽっかりとひろがっていた。

星は夜の紗《しゃ》の上に超然と瞬いていて——その光は、あたしのことなんていっこうに気に掛けていないように見える。あの闇のなかに今も彼は息を潜めていて、そしてもうめぐり合うことはない。

彼の物語はきっと、〝ねえさん〟が死んだときに終わったんだ。


それでも。

死が二人を別つとしても。

梅ジュースをなめるようにして一口ふくむ。

炭酸水と酒のミックスされた熱い気泡が舌の上で弾けた。彼と何度となく交わした清冽な香気から、あたしは最期の言葉を手繰り寄せることができた。

『だから、できることならさ——また会えるって信じててよ』

あたしはあいつを永遠に喪った。それは覆しようもない事実だ。
だけど、死を想った先に弟がいるならば。
――あたしが星となったときに、その光は届くだろうか。

「カンパイ」

あたしはグラスを星に翳した。

この夏に。
あたしの大好きな弟に。

輝く魔法だって、
浪漫の翼だって、
信じればきっとそこにある。
信じるということは、盲念に沈むことではない。
きっと、会えないことを知っていても、会いたいという思いなのだ。

「それじゃ、行ってくるわね」


歩いて行けば、いつかどこかに辿り着く。

そう信じている。

やらなきゃいけないことは沢山あった。

あいつへのお土産を買わなければならないし、カラオケだって何曲も歌いたい。生き直しを始めたあたしが、いつ死ねるのかはまだ到底わからない。

何よりも帰って来たらまず、あたしの好きな人のそばにいよう。

これからはずっと、一緒にいられる。あたしが死んでも。

だから、摘むべき日々は星のようにあった。

満天は変わらず瞬いている。あいつは変わらずあたしの光である。
酒はまずまずの味だった。
あたしはグラスを庭に放り捨て、
そしてまた、あいつの跡をなぞって歩き始めた。

訃報

令和××年　八月三十一日
中部地区

大伯父　形部等　満七十六歳
父　形部秀隆　満四十九歳
叔父　甘摂正明　満四十五歳
叔父　甘摂幸弘　満四十四歳
祖母　形部康江　満七十歳
母　形部真子　満四十四歳
叔母　甘摂寛代　満四十二歳
叔母　甘摂愛香　満三十九歳
叔母　甘摂仁香　満三十九歳
従姉妹　甘摂萌　満二十五歳
従姉妹　甘摂花　満二十三歳

従姉妹　甘摂蓮　満二十二歳

他　二十七名

八月二十四日　御参事にて永眠いたしました

ここに生前のご厚誼《こうぎ》を深謝し謹んでご通知申し上げます

記

尚《なお》通夜葬儀は執り行いません

親族の方はご自由にどうぞ

一、場所

富士市岩本山[redacted]三丁目五の三

喪主　形部蕣（姉）

施主　形部蕣（姉）

悪いことをすると、めんとりさまが遇《あ》いに来るよ。
かたちを変えて遇《あ》いに来る。
めんとりさまに気を付けなさい。
めんとりさまは、あなたたちを見てるからね。
あなたたちは、めんとりさまを見てるからね。

あとがき

初めまして。カムリと申します。

この度は拙著「めんとりさま -Faceless Summer-」を手にとっていただき、誠にありがとうございます。読者の皆様に少しでも楽しんでいただければ幸いです。


今回こうしてあとがきを執筆するにあたり、やはり最初に祖母に対して感謝を著《あら》わしたいと思い立ちました。この本の主要な舞台である富士《ふじ》の邸宅は、(所在地などの詳しい情報を含め一部または全部を変更していますが) 幼いころによく遊びに行った祖母の家が主要なモデルとなっています。

作中での小道具となる梅ジュースを造ったエピソードや、親族が集まって宴会をしているエピソードなども、作者の身にあったことをもとに書いているので、そういった家族が集まる場所としての祖母の家がなければ、この本は完成しなかったと思われます。改めて後書にて深い感謝に代えさせていただきます。実際の祖母は作中の祖母とは違い、きわめて温厚篤実な人柄であるということも、ここに述べさせていただきます。

自分も含めてですが、小さなころに確かにあったはずの夏を思い返すと、歳《とし》を経るごとに、何だか後ろを向いてとぼとぼ歩き出したくなるような気持になられる方も多いと思います。それでも、大人だからとその感傷を押し留めることなく、戻りたいほどに楽しい季節が自分の中にもあったのだと納得して歩いて行くことは、人生をほんの少し豊かにする方法のひとつなのかもしれません。ノスタルジーは他人に押し付けるものではありませんが、人間のあるべき感情の一つとして、全く恥ずかしいものではないのだと自分は考えています。

右も左もわからない自分に対し、根気強く執筆作業に付き合っていただいた編集の由田さま。温かく、ときに揶揄《やゆ》の混じった応援を飛ばしてくれた友人。素晴らしい装丁を提供してくださった草野剛デザイン事務所の方々。

そして、今こうしてこの本を手に取ってくださっている方も含めた、本著に関わっていただいた全ての人々に、改めてこの場を借りて深く御礼申し上げます。

＜初出＞
本書は、2018 年にカクヨムで実施された「カクヨム甲子園2018」ロングストーリー部門で《奨励賞》を受賞した『めんとりさまー』を加筆修正したものです。

◇◇メディアワークス文庫

めんとりさま

Faceless Summer

カムリ

2023年８月25日　初版発行

発行者　山下直久
発行　株式会社KADOKAWA
〒102-8177　東京都千代田区富士見2-13-3
0570-002-301（ナビダイヤル）
装丁者　渡辺宏一（有限会社ニイナナニイゴオ）
印刷　株式会社暁印刷
製本　株式会社暁印刷

ISBN978-4-04-915109-1 C0193
JASRAC 出 2305413-301

メディアワークス文庫　https://mwbunko.com/

本書に対するご意見、ご感想をお寄せください。

あて先
〒102-8177　東京都千代田区富士見2-13-3
メディアワークス文庫編集部
「カムリ先生」係

◇◇◇